现代诗评论

刘正伟 / 著

四川大学出版社
SICHUAN UNIVERSITY PRESS

图书在版编目（CIP）数据

现代诗评论 / 刘正伟著． — 成都：四川大学出版社，2022.10
ISBN 978-7-5614-5181-6

Ⅰ．①现… Ⅱ．①刘… Ⅲ．①诗歌评论－中国－当代－文集 Ⅳ．① I207.22-53

中国版本图书馆CIP数据核字（2022）第213706号

| 书　　名：现代诗评论 |
| Xiandaishi Pinglun |
| 著　　者：刘正伟 |

选题策划：张伊伊
责任编辑：张伊伊
责任校对：毛张琳
装帧设计：墨创文化
责任印制：王　炜

出版发行：四川大学出版社有限责任公司
　　　　　地　址：成都市一环路南一段24号（610065）
　　　　　电　话：（028）85408311（发行部）、85400276（总编室）
　　　　　电子邮箱：scupress@vip.163.com
　　　　　网　址：https://press.scu.edu.cn
印前制作：四川胜翔数码印务设计有限公司
印刷装订：成都新恒川印务有限公司

成品尺寸：167mm×237mm
印　　张：12
字　　数：229千字

版　　次：2022年11月 第1版
印　　次：2022年11月 第1次印刷
定　　价：56.00元

本社图书如有印装质量问题，请联系发行部调换

版权所有 ◆ 侵权必究

目 录

上篇 "蓝星诗社" 诗人及作品专论

《蓝星周刊》出版与发行文本研究 ……………………………（3）

《早期蓝星诗史》评介 ……………………………………………（29）

"哀其往生，庆其脱解"——余光中诗创作论 ………………（35）

纯粹的诗人——罗门现代诗创作论 ……………………………（51）

评蓝星诗人向明《水的回想》诗集 ……………………………（65）

诗少年——白萩早期诗作研究 …………………………………（80）

下篇 其他现代诗人及作品评论

望乡——台湾"60后"诗人的乡愁主题 ………………………（103）

评《新世纪新诗社观察》诗论集 ………………………………（122）

论郑愁予诗中"马"的意象 ……………………………………（129）

北渡与南归的二律背反：评温任平诗集《衣冠南渡》………（144）

廊下铺着沉睡的夜——叶红女性诗论 …………………………（156）

"小资女"的写实诗：女诗人邱逸华创作论 …………………（167）

附录 顾城诗歌中童话世界的建构 ……………………………（178）

上篇

『蓝星诗社』诗人及作品专论

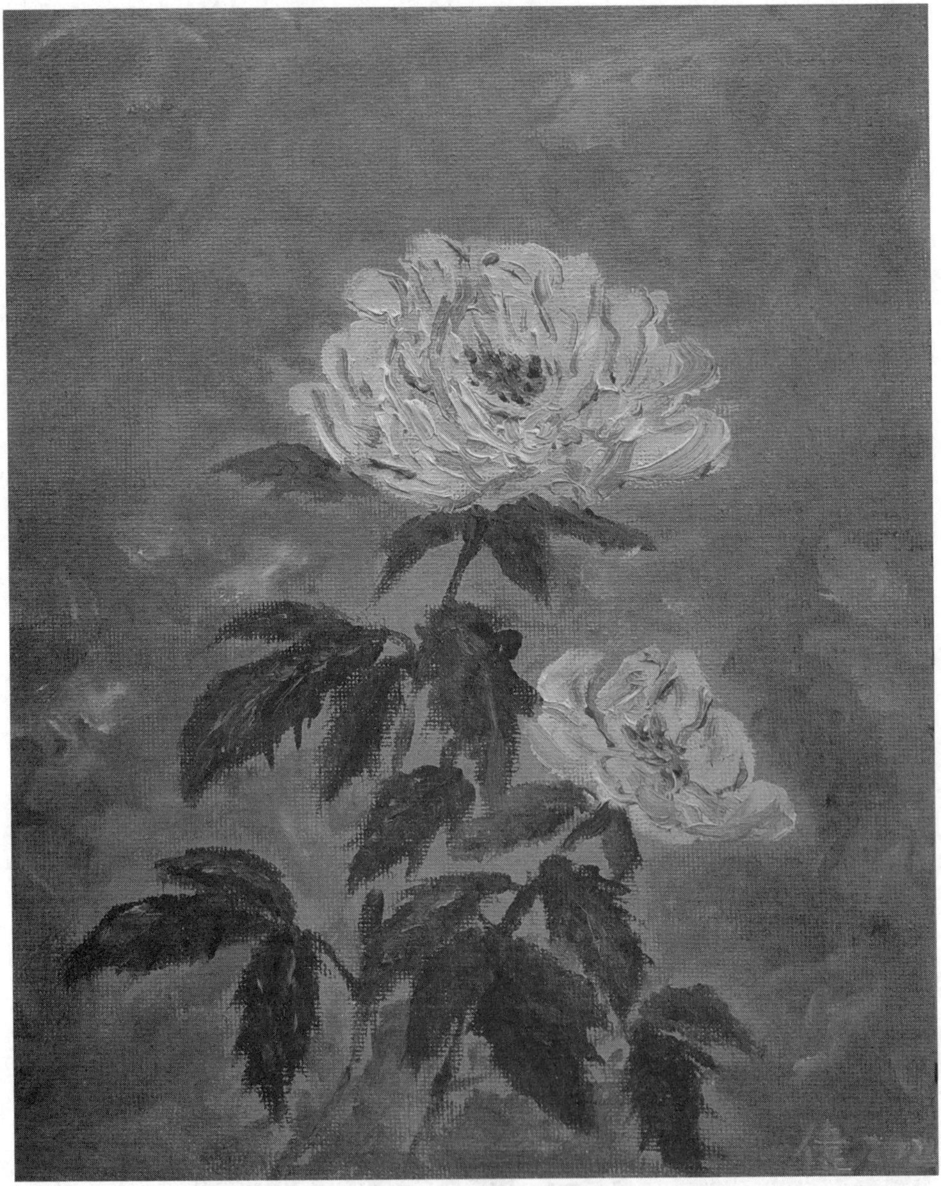

《蓝星周刊》出版与发行文本研究

四川籍的覃子豪、邓禹平与自称"半个川娃儿"的余光中、安徽籍的钟鼎文、浙江籍的夏菁等人，1954年于台湾创办了"蓝星诗社"。该诗社延续了新月派与中国的"抒情传统"美学观与创作风格。

20世纪50年代，现代主义思潮进入台湾，这是一个狂飙的年代，也是现代诗运动与论战狂热的年代。现代诗社、蓝星诗社、创世纪诗社等都曾引领时代风潮、推波助澜。《蓝星周刊》是蓝星诗社的第一份刊物，是其最初发声的场域。研究50年代的现代诗，若遗漏《蓝星周刊》，恐将失之偏颇。

《蓝星周刊》在50年代台湾贫瘠的现代诗土地上开辟发表园地，提倡抒情与纯正诗艺，也清楚地显示了蓝星诗人维护现代诗理性发展的积极态度。蓝星诗人勇于检讨自己创作的缺失，以此勉励其他诗人要有反躬自省的精神，以摆脱当时虚无晦涩的创作气氛。

本文考察了《蓝星周刊》的发行与编辑、作者与作品、翻译与评论，力求反应当时诗刊出版环境与诗人理想之坚持，呈现《蓝星周刊》的多元声音与影响。

一、前言

一些学者认为，迟至20世纪60年代白先勇创办《现代文学》，才宣告台湾文学现代化的到来，而将20世纪六七十年代定位为现代主义时期。[1] 其实，台湾文学的现代化甚至现代主义在台湾的出现应该更早，至少可追溯到日本侵

---

[1] 陈芳明将1953年纪弦创办的"现代诗社"（及1954年成立的现代派）与夏济安1956年创办的《文学杂志》视为现代主义在台湾的抢滩登陆，没有提到另一引入自由主义与现代主义的《文星》杂志，而将现代主义在台湾炽热的发展与传播延迟了10年，恐有争议。参见陈芳明：《台湾新文学史》（上），联经出版事业公司，2011年版，第36页。

占台湾时期。①

而现代主义在第二次世界大战后再次引入台湾，这一时期就算不从《自立晚报》的《新诗周刊》算起，也应以1953年纪弦创办《现代诗》、1954年成立现代派、激进地提倡所谓"横的移植"等六大信条而引起轩然大波为显著的开端。亦有学者认为，现代诗比小说抢先一步成为台湾现代主义的主流，就是从此开始，现代主义在台湾的影响并不限于文学领域，绘画、建筑、音乐等多方面均受到西方现代主义的影响。②

纪弦（路易士）是一位不甘寂寞的孤傲诗人，本为上海现代派一员，他在沦陷期的上海诗坛甚为活跃。③笔者在对诗人钟鼎文的访谈中得知，《新诗周刊》也是纪弦邀其向《自立晚报》争取来的，可见纪弦对现代诗运动推广的积极态度。因此，他创《现代诗》、创"现代派"、大力鼓吹现代诗"横的移植"，也就不足为奇了。然而，现代派运动是激进的，故不得不谈蓝星诗社诸诗人的稳健做法，以及他们对激进运动的制约与批判，经由论战而调和当时现代派运动的分歧。陈芳明也说："他（覃子豪）所领导的蓝星诗社，在现代主义的实践上笃定而稳重。要了解现代主义在台湾的扩张，蓝星诗社所扮演的角色不容忽视。"④关于《现代诗》与"现代派"，谈的人多，甚至有博士学位论文进行专门研究⑤，而对于蓝星诗社早期的情况却少有翔实而全面的研究。本文即欲弥补这一缺憾。

法国学者戈德曼（L. Goldmann，1913—1971）提出"作品世界的结构乃是与特定社会群体的心理原素结构相通，或至少有明显的关联，文学创作的集体特征也就源自于此"⑥，埃斯卡皮在研究文学生产时提出"班底"（Equipe）概念⑦，这些都可以用来讨论与验证20世纪50年代的现代主义思

---

① 1921年蒋渭水在台北成立台湾文化协会，标志着台湾文化界泛现代主义与自主意识本土化大规模启蒙的开展。当时前往中国大陆学习的有张我军、张深切、洪炎秋、钟理和等；前往日本学习的有杨逵、杨云萍、巫永福、吴新荣等。他们的诗、小说与散文等文学创作，即使与当今作品比较，仍具有深刻的现实意义。

② 参见林积萍：《〈现代文学〉的新视界——文学杂志的矢量探索》，爱读册文化事业股份有限公司，2005年版，第87页。

③ 参见刘正忠：《艺术自主与民族大义："纪弦为文化汉奸说"新探》，载《政大中文学报》，2009年6月第11期，第163~198页。

④ 参见陈芳明：《台湾新文学史》（上），联经出版事业公司，2011年版，第350页。

⑤ 陈全得：《台湾〈现代诗〉研究》，台湾政治大学博士学位论文，1998年。

⑥ 转引自Robert Escarpit：《文学社会学》，叶淑燕译，远流出版事业股份有限公司，2004年版，第10页。

⑦ 转引自Robert Escarpit：《文学社会学》，叶淑燕译，远流出版事业股份有限公司，2004年版，第46页。

潮，通过对同时期的《现代诗》《蓝星周刊》《创世纪》以及其他的刊物进行研究，可观察到其刊载的稿源，与所谓集体创作特征的"班底"，其实都大同小异。

蓝星诗社成立于1954年3月中旬，距今已逾一甲子，其第一份诗刊为依附在《公论报》上发行的《蓝星周刊》。早期的报纸保存不易，当时的文人也缺乏保存史料的观念，所以要收齐全部211期《蓝星周刊》实非易事。笔者以研究之便，所得纸本刚好一百期，余为复印件。本文主要对《蓝星周刊》的出版、发行、编辑，以及作品、翻译、评论等进行探讨，考察现代主义在其中的发展轨迹，力求做一全面性的探查，以供来者一窥《蓝星周刊》与现代主义之间交会互放之光芒。

二、《公论报》与《蓝星周刊》的出版发行概要

《蓝星周刊》创刊于1954年6月17日，至1958年8月29日停刊，总共发行211期，借《公论报》半版版面[①]，每周刊出一次，为蓝星诗社成立后的第一份自己的刊物。无论是联系同仁感情、提供社内外创作园地，还是壮大诗社的力量，该周刊都有不可忽视的重要性。当时台湾物资缺乏，《蓝星周刊》为诗人排除万难、摆脱国民党当局的政策干扰[②]，争取纯粹的艺术创作发表的场域。

蓝星诗社是先有诗社，后发行诗刊；同时期的现代诗社则先发行诗刊，再成立诗社。两个当时隐隐较劲的诗社，状况却大异其趣。较早成立的现代诗社，俨然纪弦一人独撑大局的态势；而稍晚组成的蓝星诗社，却像春秋战国时期的诸侯，覃子豪恰似这个邦联的共主，覃子豪去世后的蓝星诗社，似乎以余光中为精神领袖。

《蓝星周刊》的出版与发行单位是《公论报》社。《公论报》创刊于1950年10月25日，由时任台湾省议会议员李万居创办，成为第二次世界大战后台湾第一家民间独立报社，立论公正、报道翔实，主张"民主、自由与进步"。《公论报》与雷震创办的《自由中国》半月刊，同为台湾20世纪五六十年代新闻言论自由的指标和舆论重镇。《公论报》在创刊初期一度是民营报纸中销量

[①] 当时《公论报》也不过每天印行一张半，共六版的版面而已。
[②] 梅家玲：《性别vs家国：五〇年代的台湾小说——以〈文艺创作〉与文奖会得奖小说为例》，载《台大文史哲学报》，2001年11月第55期，第31~76页。

最大的，但在1951年9月王惕吾联合《经济时报》《全民日报》《民族报》组成《联合报》后，《联合报》取代《公论报》成为民营报中销量最大者。1953年11月到1963年4月林海音主编《联合报》副刊时期，开创了文学副刊的崭新局面。由下表可知，在蓝星诗社成立并发行《蓝星周刊》当年与前一年，《公论报》的发行量与《中国时报》的前身《征信新闻》难分伯仲。

表1　1953、1954年台湾主要报纸每日发行份数统计表①　　（单位：份）

时间	"中央"日报	新生报	中华日报	联合报	公论报	征信新闻
1953年	61274	61333	30066	23932	5570	4780
1954年	67170	62238	33494	45193	4550	6243

20世纪50年代"白色恐怖"时期，国民党当局钳制新闻自由，利用公营事业与公家机构的广告量，控制报纸的收益与经营，继而管制报业用纸与油墨的进口数量，严重影响发行的质量与规模。余光中接编《蓝星周刊》后，曾抨击《公论报》油墨与用纸的粗劣，排版错误甚多，甚至常常忘了将50份赠刊转寄作者，需要余光中亲自去取。② 由此可知，在各种因素的干扰与影响下，当时《公论报》的经营与发行已经每况愈下。

《公论报》历经许多次国民党当局的政治压迫事件，编采人员屡遭莫名搜捕，报社言论自由一再遭受打压。报纸本身也曾于1959年9月2日被迫停刊，旋于9月28日复刊。其后，李万居参加"中国民主党"，该报遂成为当时新政党及民主派人士之大本营，此举亦为该报相关人员日后遭受国民党当局的迫害埋下伏笔。因政治上的压力与财务上的拮据，《公论报》的经营每况愈下，报社前途日趋险恶，不得已于1961年3月5日休刊。③

《蓝星周刊》是一份单纯质朴的刊物，它秉持着蓝星诗社的立场：不讲究什么组织、未推选什么社长、未通过什么大纲、未宣扬什么主义，秉持无为而治、自由创作之精神。它走的可以说是"抒情传统的温和现代主义"路线。④因此，在1954年蓝星诗社成立后不久，覃子豪即洽得《公论报》的每周半版

---

① 参观余昭玟：《〈文友通讯〉与战后初期的台湾文坛》，"2003海峡两岸华文文学学术研讨会"论文，2003年12月6日，第10页。
② 参见余光中：《第十七个诞辰》，载《现代文学》，1973年3月第46期，第11~27页。其后余光中《蓝星诗学季刊》创刊号的《蓝星诗社发展史》等，皆出于此文。
③ 参观王鼎钧：《我与公论报的一段因缘》，载《联合报》副刊，2007年5月10—11日。文中对《公论报》副刊以及《公论报》的兴衰史有详细的讲述。
④ 参见余光中：《第十七个诞辰》，载《现代文学》，1973年3月第46期，第11~27页。

版面，于同年 6 月 17 日开始每周四或周五发行《蓝星周刊》一次，主要刊登现代诗创作、翻译与诗话诗论等。

三、《蓝星周刊》的发刊词与办刊宗旨

《蓝星周刊》基本延续覃子豪先前主编而已经停刊的《新诗周刊》[①] 的风格、精神与使命。《蓝星周刊》的刊前语（如图 1 所示）说：

> 诗，自有其存在的理由，也自有其光辉的前途，市侩文化尽管猖獗，而诗不仅未被消灭，而且日益有其发展，那就是写诗的朋友们不曾因势利与利［益］而动摇其信心。《新诗周刊》之创刊就凭着这个信心，后因故停刊，写诗的朋友们，惋惜不已；如《新诗周刊》之不停刊，蓝星也不会在今天诞生。
>
> 《新诗周刊》出了两年，将近一百期，所可惜的，我们竟不能为《新诗周刊》举行一个百期纪念，就停刊了。《蓝星周刊》之诞生，我们自然怀有无限欣喜与无穷希望。那就是为《新诗周刊》写过诗的朋友们，团结起来，为蓝星的将来努力。
>
> 《蓝星周刊》的态度和《新诗周刊》的态度是一致的。我们所要求的，是要蓝星的内容更健全、更充实。尤其要紧的，是我们的作品，不要和时代脱节：太落伍，会被时代的读者所扬弃；太超越，会和现实游离。我们不写昨日写过的诗，不写明日幻想的诗，要写今日生活的诗，我们要扬弃那些陈旧的内容，与装腔作势的调子。要创造现实生活的内容和能表现这种内容的新形式、新风格。
>
> 这是我们的认识，也是我们的信念，蓝星的园地，就是一片辽阔的天空，忠实于诗的朋友们：来吧！来放射出蓝星奇异的光辉吧！[②]

观此刊前语，覃子豪对于《新诗周刊》因依附的《自立晚报》易主而仓促改版，以至于失去舞台，对于只差四期就满百期的《新诗周刊》突然停刊，不无遗憾。他在《新诗周刊》第 96 期的告别语中，即向作者与读者预告将努力

---

① 钟鼎文、纪弦、葛贤宁、覃子豪等：《新诗周刊》，载《自立晚报》，第 1 期至第 94 期（1951 年 11 月 5 日至 1953 年 9 月 14 日），第 3 版。

② 参见《蓝星周刊·刊前语》，载《公论报》，1954 年 6 月 17 日，第 6 版。

寻找并开垦新诗的新园地。因此,《蓝星周刊》的创刊颇有赓续前志的理念与期待。

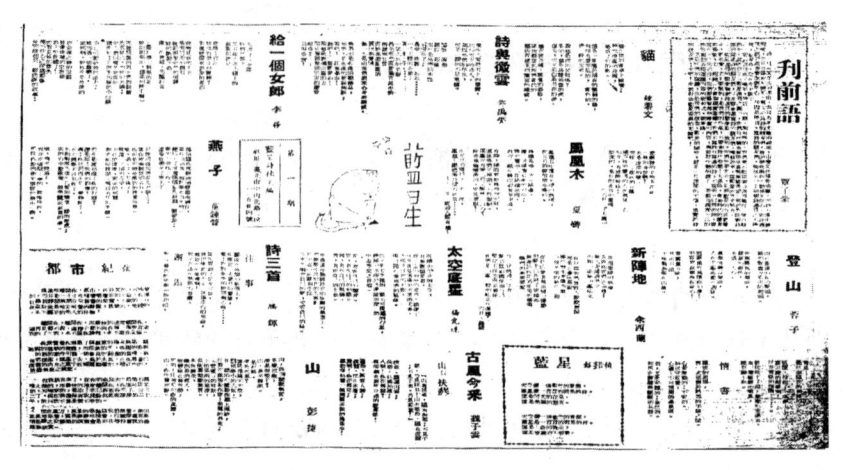

图 1 《蓝星周刊》第 1 期（1954 年 6 月 17 日）

覃子豪说:"《蓝星周刊》的态度和《新诗周刊》的态度是一致的。"又说:"我们不写昨日写过的诗,不写明日幻想的诗,要写今日生活的诗。"从中可以看出初期《蓝星周刊》与诗社的风格与立场,他们与激进的全盘西化、全面"横的移植"的《现代诗》相区别,属于温和的现代主义的提倡,亦即追求循序渐进式的沉稳与进步,不与时代脱节、不写陈旧的诗、不写幻想的诗,而要求创造表现现实生活的内容。覃子豪除了想延续《新诗周刊》时期的做法与选稿态度外,也颇有写实主义的倾向,但从刊登的诗作来看,《蓝星周刊》初期（覃子豪主编时期）的选稿取向以抒情风格与写实主义为主,与第 161 期后由余光中主编的选稿风格有着显著的差异。

四、刊头图案及其变异之考察

《蓝星周刊》的刊头总共有四种形式,前三种形式应为覃子豪设计,第 1 期到第 115 期的刊头（如图 2 所示）为一沉思的男子,右上方有三颗星;第 116 期到第 152 期为第二种刊头（如图 3 所示）,是一靓丽女子的头像,四周缀满闪亮的星,颇有浪漫情调;第 153 期到第 199 期为第三种刊头（如图 5 所示）,是一男子在树下休憩,仰望右侧星空;第 200 期到第 211 期终刊为第四种刊头（如图 6 所示）,是一女子的纤纤玉手试图摘取夜空中最大的一颗星。

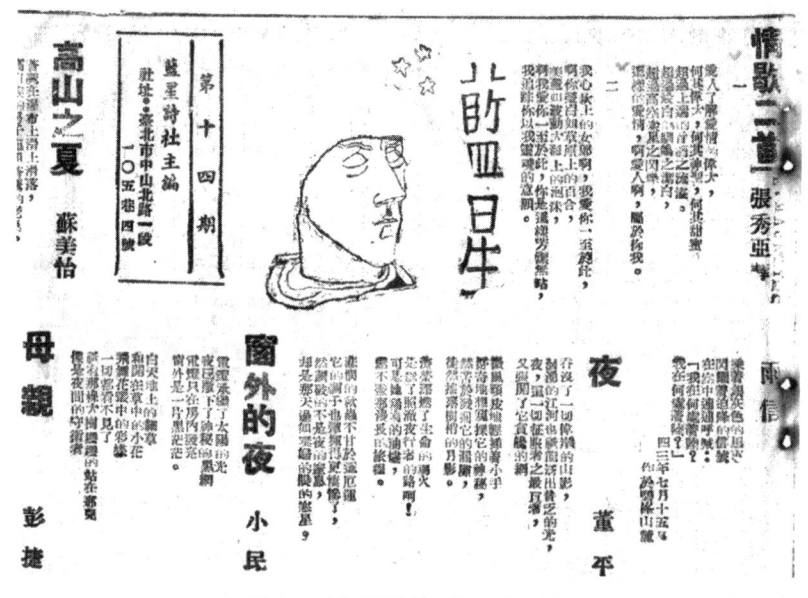

图 2 《蓝星周刊》第一种刊头

图 2 为《蓝星周刊》第 14 期（1954 年 9 月 16 日），可知作家小民、张秀亚在台湾初期的文学创作可能是从新诗出发，诗人向明以其本名董平发表诗作。

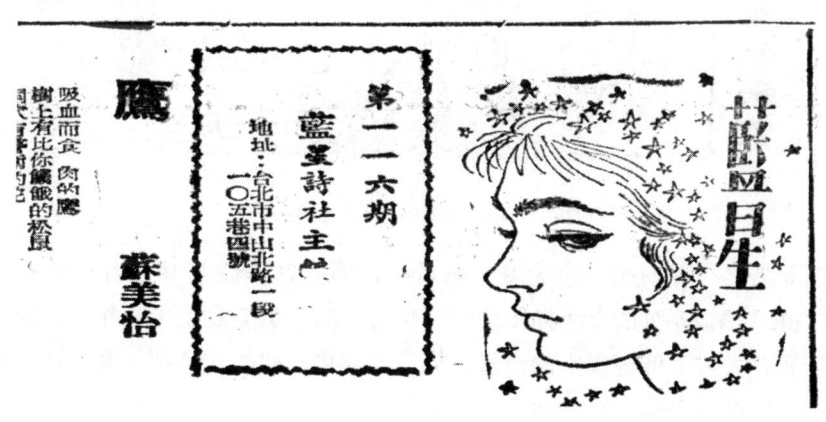

图 3 《蓝星周刊》第二种刊头

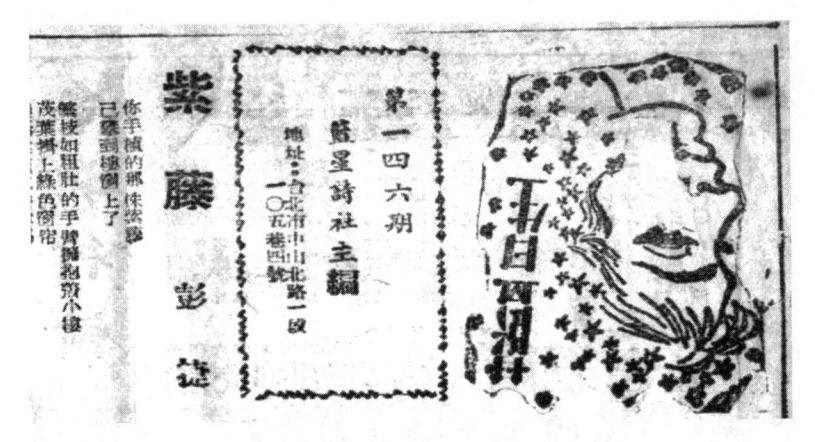

图 4 《蓝星周刊》第 146 期倒置的刊头

图 4 为《蓝星周刊》第 146 期（1957 年 4 月 26 日）倒置的刊头图像，若非编者无意中倒置，就是《公论报》或印刷厂故意倒置，个中缘由虽不可考，仍颇值得玩味。

图 5 《蓝星周刊》第三种刊头

图 5 为第三种刊头，应为覃子豪设计，因为这张图与其在台第一本诗集《海洋诗抄》第 85 页的十张插图之一"独语"的造型与意境十分相似，皆为一男子倚靠在大树下仰望夜空的情景，男子的姿势与树的位置都一模一样，唯一不同的是后者没有画上星星而已。①

---

① 参见覃子豪：《海洋诗抄》，新诗周刊社，1953 年版，第 85 页。

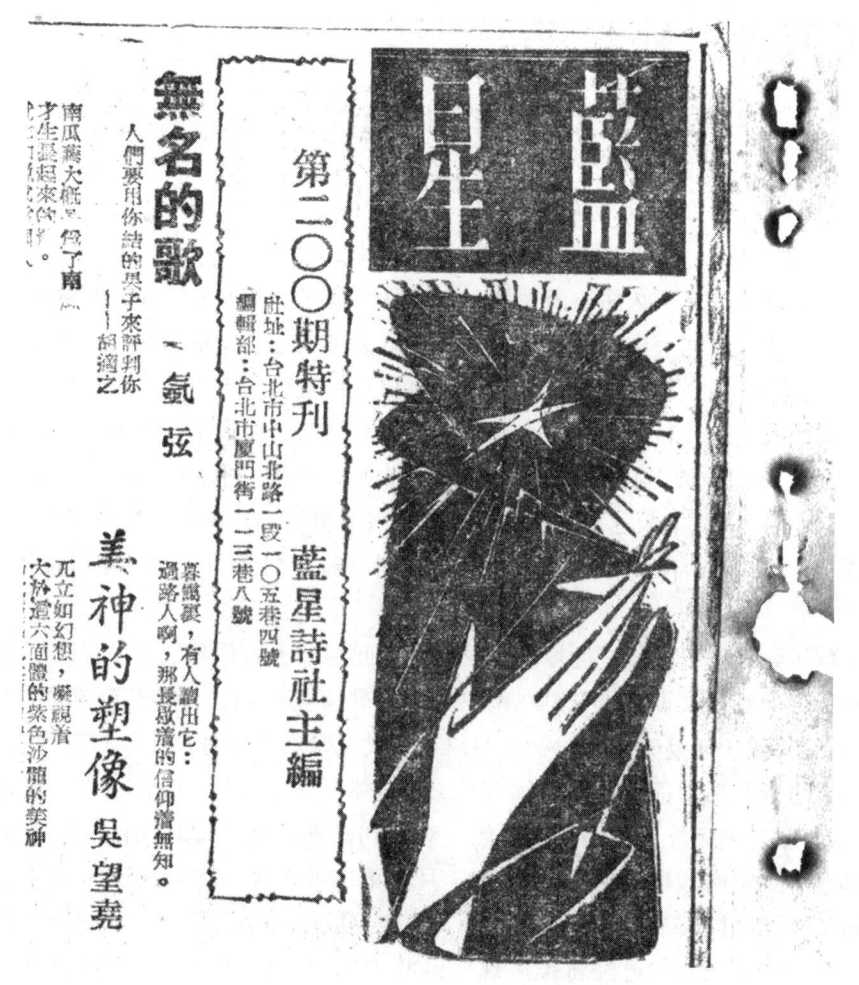

图6 《蓝星周刊》第四种刊头

　　《蓝星周刊》的第四种刊头，是杨英风为"蓝星诗奖"设计的奖杯图像，展现了当时台湾的现代绘画与现代雕塑水平。《蓝星周刊》第200期诗讯说明该奖杯为"一镀金之浮雕，由名雕刻家杨英风设计，诗人吴望尧监制，其构图为一敏感之手攀摘一熠熠蓝星之形状"。图6中《无名的歌》一诗作者"氩弦"应为痖弦，笔者曾亲询痖弦确认过，况且第200期前后也只有痖弦诗作发表，而无"氩弦"出现。

　　第一届"蓝星诗奖"在1958年6月1日颁奖，在蓝星诗社四周年庆与《蓝星周刊》200期庆祝大会上，梁实秋将奖杯颁发给吴望尧、黄用、痖弦、罗门四位诗人。夏菁与杨英风为同事，因此委托当时为《丰年》杂志画插画的杨英风设计"蓝星诗奖"奖杯，由该奖杯呈现的意象与现代感，可以看出台湾

11

当时的现代绘画与现代雕塑已经发展到成熟的阶段。

五、《蓝星周刊》的主编、作者与诗作考察

《蓝星周刊》的主编有两位：覃子豪（主编第 1~160 期）、余光中（主编第 161~211 期），其间黄用曾经代余光中编辑一期。

蓝星诗社成立不久后，尚无社名。而覃子豪在洽得《公论报》的每周半版版面后，即在台北市中山堂的露天咖啡座聚会时主张以蓝星为社名，并获大家的认同。他也当仁不让地担任了《蓝星周刊》的主编，于 1954 年 6 月 17 日开始每周四或周五发行一次，一直编到第 160 期。尔后，为了专心编一份大型诗刊《蓝星诗选》以与纪弦的《现代诗》抗衡，他不仅停办《蓝星（宜兰分版）》，亦自 1957 年 8 月 9 日的第 161 期将《蓝星周刊》交由余光中接编。《蓝星周刊》至 1958 年 8 月 29 日第 211 期停刊，随后余光中于 10 月 8 日即赴美留学。

覃子豪在抗日战争全面爆发前夕从日本回国，不久他参加了国民政府办的留日学生训练班。训练班先是在南京，不久转移到庐山，再转移到湖北江陵，最后在 1938 年初夏时搬到武汉，他曾经在武汉参加"诗时代社"的新诗社团。从训练班毕业后，他被分配到浙江前线，主持《扫荡报》工作，稍后他又在《前线日报》上创立并主编《诗时代》双周刊，真正把"诗时代社"推广新诗的理念带到东南战场。他于 1939 年 7 月赴重庆沙坪坝参加中央训练团新闻研究班第一期，同期的同学有魏子云等，第二期同学有来台后成为挚友的洪兆钺等。覃子豪在当时就已经将推广现代诗的工作与报纸结合，并依附在副刊发行，以期能以最小成本达到最大推广效益。[①] 他在来台后仍乐此不疲，积极借由《公论报》推动《蓝星周刊》，以及借由《宜兰青年月刊》发行《蓝星（宜兰分版）》等。

余光中在接编《蓝星周刊》前后，还同时是《文学杂志》《文星》等刊物的诗作专栏编辑。他曾说过主编《蓝星周刊》末期憎喜参半的心情：

> 主编周刊的经验，是憎喜参半的：憎，是因为《公论报》的纸张和印刷都比别的报纸差，误排既多，每星期五出刊后又往往会忘了送五十份赠刊给我，还要我亲自去报社领取；喜，是因为投稿的作者很是踊跃，佳作

---

① 参见《覃子豪全集 II》，覃子豪全集出版委员会，1968 年。

亦多，编起来也就有声有色。当时经常出现，且有不少是初次出现在周刊上的名字，包括向明、阮囊、夏菁、望尧、黄用、张健、叶珊、敻虹、周梦蝶、唐剑霞、袁德星、金狄等多人。①

余光中的记忆或许有出入。上述名字除了黄用、张健、敻虹、金狄四人是在余光中主编期内首次出现外，其他几位诗人早已刊登过诗作，且夏菁只在前后期各出现一两次，并非经常投稿，袁德星（楚戈）的诗作并不曾出现在余光中主编期间。覃、余两任主编对于诗人与诗作的编辑取向，似乎存有诸多差异。许多覃子豪主编时期活跃的诗人，在余光中主编时期几乎销声匿迹了。从表2中可以看出当时诗人发表诗作的数量变化：

表2 《蓝星周刊》登载诗作统计表

诗人	第1~50期	第51~100期	第101~160期	第161~211期	总数
艾笛	0	146	63	0	209
白萩	39	40	11	1	91
吴瀛涛	23	34	28	0	85
向明（董平）	20（董平1）	37	12	10	80
彭捷	31	24	20	4	79
黄荷生	41	22	0	0	63
风铃草	8	26	24	5	63
旷中玉	19	31	7	0	57
罗晖	17	24	12	0	53
蔡淇津	24	20	9	0	53
腾辉（黄腾辉）	40	8	3	0	51
沈思	0	21	22	5	48
罗门	19	16	13	9	57
德星（袁德星）	0	30（袁德星1）	15	0	46
阮囊	0	0	18	23	41
张效愚	5	24	11	0	40

① 参见余光中：《蓝星诗社发展史》，载《蓝星诗学季刊》，1999年3月31日创刊号，第8页。

续表2

诗人	期数				总数
	第1~50期	第51~100期	第101~160期	第161~211期	
吴望尧（巴雷）	0	0	19	17（巴雷4）	40
唐剑霞（商略）	0	0	12	26	38
苏美怡	9	11	18	0	38
江萍	25	12	1	0	38
莹星	19	14	3	0	36
立尔	2	15	17	0	34
叶珊	0	0	2	27	29
梅占魁	1	9	10	7	27
晶心（王晶心）	20	4	（王晶心3）	0	27
梅其钧	4	8	13	1	26
辛郁	0	0	4	20	24
楚风	8	12	4	0	24
蓉子	11	10	1	1	23
林泠	3	15	4	0	22
周梦蝶	0	0	4	18	22
夐虹	0	0	0	18	18
张健	0	0	0	18	18
黄用	0	0	0	17	17
覃子豪	6	10	0	0	16
痖弦	0	0	1	12	13
夏菁	9	0	0	3	12
梁云坡	0	6	0	6	12
小民（刘长民）	6（刘长民4）	0	0	0	10
赵天仪	0	8	2	0	10
余光中	2	0	1	3	6
钟鼎文	3	1	0	1	5
邓禹平	2	0	1	0	3

续表2

诗人	期数				总数
	第1~50期	第51~100期	第101~160期	第161~211期	
纪弦	2	0	0	0	2

注：

1. 刊登诗作统计数以本名加笔名（或笔名加本名）的总数为准，例如向明（董平）。
2. 有下划线的为蓝星诗社同仁，例如罗门。
3. 仿泰戈尔《飞鸟集》的诗作，每一数字代表一首，例如艾笛《爱的礼赞》共126首。
4. 覃子豪与余光中主编时的"诗讯"，属于常态性报道，不列入统计。
5. 其他翻译、论文等，不列入统计。

从表2中可以发现，诗作总数30首以上的22位诗人当中，除了向明、罗门、阮囊、吴望尧、唐剑霞五人在覃、余主编时期发表数量没有重大变化，其他17位诗人发表的诗作数量在后期都明显减少。艾笛①、吴瀛涛、黄荷生、旷中玉、罗晖、蔡淇津、黄腾辉、袁德星（楚戈）、张效愚、苏美怡、江萍、莹星、立尔等多人在余光中主编时期发表数为零。

从诗人诗作发表数量的变化来看，在余光中主编时期崛起而后颇负盛名的，除了蓝星中坚诗人周梦蝶、敻虹、张健、黄用等人外，还有叶珊（杨牧）、辛郁、痖弦等人。这突显了覃、余两位主编的交友圈与编辑取向的明显差异，值得玩味。前者较重视现实主义与学生故旧诗作；后者明显以现代主义诗作为主，或者后来余光中接编时，正值现代派论战高峰期，对作者作品产出风格也有影响。

《蓝星周刊》发行四年多，覃、余两任主编发掘了非常多的本地青年诗人。除刊登覃子豪任职的中华文艺函授学校诗歌班学员的优秀作品外，亦为新诗人提供了发表的园地，例如向明、白萩、麦穗、叶珊（杨牧）、敻虹、雪飞、蓝云、赵天仪、张拓芜、周梦蝶等。甚至如"跨越语言的一代"②前辈诗人陈千武（桓夫），因各种因素中断创作，经过长达十年的摸索，至1958年1月10日才开始以千武为笔名，在《蓝星周刊》第182期发表中文诗《外景》，重新

---

① 艾笛（1932—2007），本名张作丞，另有笔名古桥。沈阳人，生于北平，长于台湾，与隐地、曹又方等人为政工干校新闻系同学，曾任《国魂月刊》主编八年。曾经和王恺、隐地、沈临彬一起出版诗集《四重奏》（尔雅出版社，1994年版）。在当时似乎是覃子豪刻意栽培的新人之一，其在《蓝星周刊》刊登的诗作是最多的。

② "跨越语言的一代"作家，指曾使用日文书写，后学习中文、用中文写作的作家，如林亨泰等。1945年台湾光复后，台湾行政长官公署下令禁止使用日文，而必须重新学习中文。

出发。

1955 年 4 月 28 日《蓝星周刊》第 46 期刊出了时年 18 岁的白萩的《罗盘》①，这首诗不久即获得文艺协会第一届新诗奖，学习中文不过七年的他，以其纯熟精练的文字，受到诗坛瞩目，后成为台湾现代诗坛的重要诗人。其成名作《罗盘》利用一行之内的停顿造成顿挫有力的节奏感，又以各行句式的重叠和变换展现海洋的波涛汹涌，以及驾船前行的豪情，整首诗充满年轻人的热情与对前途光明的愿景，颇具现代感。

《蓝星周刊》第 51 期刊出林泠的《不系之舟》：

没有什么使我停留
——除了目的
纵然岸旁有玫瑰，有绿荫，有宁静的港湾
我是不系之舟

也许有一天
太空的遨游使我疲倦
在一个五月燃着火焰的黄昏
我醒了
海也醒了
人间与我又重新有了关联
我将悄悄自无涯返回有涯，然后
再悄悄离去

啊，也许有一天——
意志是我，不系之舟是我
纵然没有智慧
没有绳索和帆桅②

《不系之舟》是一首充满现代主义色彩与隐喻的诗作，也是一首充满想象

---

① 陈文理女士曾向《蓝星周刊》投稿，也是覃子豪中华文艺函授学校新诗班第 1 期学生，后来嫁给诗人白萩。二人是否在周刊或写作投稿时认识，引人联想。

② 后收入林泠：《林泠诗集》，洪范书店，1982 年版，第 3~5 页。

力的抒情诗。虽也可解释为不愿受束缚（不系）而追求自由、理想，但诗中显示的更多是青年人不畏艰苦、冒险犯难的内心精神与勇敢向未来挑战的决心。该诗不仅入选如张默编的《剪成碧玉叶层层——现代女诗人选集》等各种诗选，还与郑愁予的《错误》一同入选高中教材，并与白萩的《罗盘》同由覃子豪推荐而获得文艺协会"诗人奖"。林泠写成这首充满现代主义风格且令人惊艳的《不系之舟》时，年仅17岁。

此外，在《蓝星周刊》中也能发现未收入痖弦诗集的《季候病》二首之一（如图7所示）[①]，我们知道痖弦写诗初期深受何其芳影响，何其芳的同名诗作《季候病》也是其佳作之一。《痖弦诗集》各版本皆不曾收入此二首诗，其中缘由当留待另文深入探究。

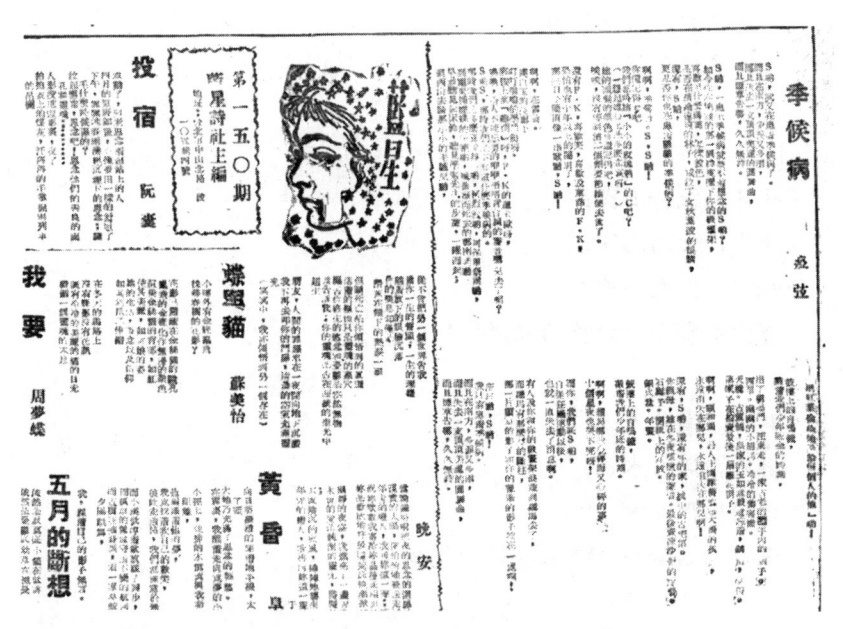

图7 痖弦《季候病》之一，刊于《蓝星周刊》第150期（1957年5月24日）

综观覃子豪编辑时期的《蓝星周刊》，所刊登诗作的作者以其在中华文艺函授学校新诗班的学生或交往诗友为主力，可能是当时现代诗作者不多、稿源不丰，或者也是想就近提携自己的学生、诗友等，选稿夹杂了现代主义与现实主义风格的作品。余光中编辑时期并不以刊登诗作的数量取胜，而注重诗作质

---

① 痖弦的两首《季候病》，见《蓝星周刊》第150期，以及《蓝星（宜兰分版）》1957年4月号第29页。

量与呈现现代主义前卫风格。

六、《蓝星周刊》翻译与译介考察

《蓝星周刊》的翻译是从《诗经》开始的。第 1 期开始，魏子云（1918—2005）将《诗经》直接翻译再创作为新诗的形式，名为"古风今采"，无形中意味着蓝星诗社是从中华文化传统的继承出发，融合西方诗学技法，探索中国式的新诗。例如《古风今采·山有扶苏》：

"山有扶苏，隰有荷华；
不见子都，乃见狂且！
山有乔松，隰有游龙；
不见子充，乃见狡童！"

扶苏，绿遍山岗；
荷华，红满池塘；
人啊！你在哪厢？
那旁倒有个吹口哨的轻薄郎！

乔松，高耸入云；
游龙，浮在水层；
爱啊！你在哪儿？
眼前却站着一个挤眉弄眼的捣蛋虫！①

《山有扶苏》出自《诗经·郑风》，本意是与女子相约的男士爽约或迟到，旁边倒是有不怀好意的少年郎在觊觎着。魏子云将原文放在前面，后为翻译再创作的新诗，两相对照，浅显易懂，亦富情趣。他陆续发表类似的《古风今采》共六篇，可见古典文学学者仍对新诗有兴趣与期待，并试图将古典与现代连接起来。

翻译西方诗作、诗学是从第 3 期开始的。有名为"漱玉"的译者，主要翻译美国诗人康明斯（E. E. Cummings，1894—1962）、爱默生（R. W.

---

① 魏子云：《古风今采·山有扶苏》，载《蓝星周刊》，1954 年 6 月 17 日第 1 期。

Emerson，1803—1882）等人的诗作。覃子豪主编《蓝星周刊》期间的译者有漱玉、法天①、张秀亚、夏菁、念汝、西平、童钟晋、何瑞雄、申强、郭文圻、林子、覃子豪等人，以翻译英美诗人的诗作为主，尤其以翻译美国诗人作品为多。形式则有两种，一是单纯翻译外国诗作，二是译介外国诗人生平、作品，后附译几首诗作为介绍，后者例如法天所翻译的《女诗人狄钦荪》（附译诗《知更鸟》《秋天》）②。

叶泥与覃子豪也翻译介绍以法国诗人为主的欧洲诗人诗作。日本诗、诗论与诗人介绍的翻译也属大宗，翻译者则以叶泥与吴瀛涛为主。吴瀛涛常常翻译并介绍当时日本诗坛、诗社与诗人活动的相关信息，贡献甚大。叶泥时在介寿馆任职，每天至少接触三份日文报刊，利用一手信息进行翻译，分别发表在《文星》《现代诗》与各种蓝星刊物上，是当时最贴近日本文坛、诗坛的信息传递者。

本文前言中述及埃斯卡皮在研究文学生产时提出的"班底"概念，在《文讯》杂志第272期"人物春秋"《维叶泥泥更护花——戴兰村的文学与书法》中即谈到当时《笔汇》与《复兴文艺》等杂志对西方现代主义、象征主义等作品翻译的盛况：

《复兴文艺》在叶泥主编的短短四期之中，就网罗了许多现今文坛上的大家。例如：纪弦《论新诗的移植》刊载于创刊号第一篇。我问叶泥是否赞同纪弦主张，他分从几个角度来分析这个问题，表现他的诗观的开放胸襟。此外，《复兴文艺》还搜罗：青空律（纪弦）所译日本横光利一小说《苍蝇》、覃子豪所译法国诗人梵乐希和魏尔仑诗作、方思翻译《里尔克诗选》、金溟若翻译的谷崎润一郎小说《小王国》，和叶泥自己翻译的法国诗人古尔蒙的诗作多首等等。另外，也刊载路家（钟肇政）翻译的日本岛村抱月《"傀儡家庭"与易卜生的编剧法》、吴瀛涛所写《日本文坛现况》、方思介绍《二十世纪的美国诗》等等。其他，还包括：李莘（林泠）、艾雯、E弦、童真、黄仲琮（羊令野）、王聿均、孙陵、孙旗、罗马（商禽）、琦君、魏子云、尹雪曼、白荻、袁德星（楚戈）等人的作品，甚至包括一篇中篇连载小说，以及张秀亚的散文名篇《曼陀罗》。最令人诧

---

① 法天本名于宗先，山东平度人，毕业于台湾大学经济系，美国印第安纳大学经济学博士，著名经济学家。

② 参见《蓝星周刊》，1954年12月23日第28期。狄钦荪（Emily Dickinson，1830—1886），现作狄金森，美国著名女诗人。

异的,《复兴文艺》每期只有36页,却涵括了中、法、匈、美、日等国文学面向,而且几乎每一页都是精心佳作。从这里,不难看出叶泥的文学美感与视野。①

《复兴文艺》《笔汇》与同时期的《文星》《现代诗》《蓝星周刊》《创世纪》等诗刊或杂志,其翻译群与作者群纪弦、覃子豪、余光中、方思、叶泥、魏子云、孙旗、楚戈、张秀亚、吴瀛涛等,其身份有所重叠。由此可以看出20世纪50年代现代主义思潮传播面的广与深,也可以观察到这些同时期报刊的稿源,与所谓集体创作特征的"班底",其实都大同小异。

《蓝星周刊》中难得的是翻译家族的出现。当时的印度文学专家糜文开及其夫人裴普贤②,还有两个女儿糜榴丽、糜凤丽,都曾在《蓝星周刊》上发表翻译作品,以翻译泰戈尔诗为主,次为翻译与介绍其他印度文学作品。例如糜文开翻译泰戈尔的《飞鸟集》第25首:"鸟儿希望它是一朵云。/云儿希望它是一只鸟。"第26首:"瀑布唱道:'我得到自由时我便唱出歌来了。'"③ 四人中以糜文开的翻译作品发表最多,其他三人只出现几次,对时人了解印度文学与泰戈尔作品有很大的助益。

余光中主编《蓝星周刊》期间,翻译者主要有余光中、黄用、许国衡、糜文开、裴普贤等人,尤以余光中翻译为主,其中艾伦·泰特(Allen Tate,1899—1979)所写的《诗的三型》就从第184期起连载了11期。其余译者都只发表一次翻译作品,颇耐人寻味。余光中主编时期刊登发表的翻译作品多为评论或译介方面的文章,而少有诗作,可能是为了配合当时的新诗论战而采取一举两得的做法,既可以引介西方理论或学说,又可以借此反击对方。例如余光中所译艾略特的诗论《诗的欣赏》《试验》《诗的时代性》《难懂的诗》《诗与哲学》等④,多为此类性质的论述。

就以艾略特的短论《试验》来说,蔡明谚的论文比较了《现代诗》第8期方思所译与《蓝星周刊》第171期余光中所译的两个版本,指出二人甚至两个诗社利用翻译的专长与各自立场,各取所需,互相争夺对艾略特等的诠释权,

---

① 参见曾萍萍:《维叶泥泥更护花——戴兰村的文学与书法》,载《文讯》,2008年6月第272期。
② 裴普贤,本名裴溥言,山东诸城人,台湾大学中文系名誉教授。
③ 参见《蓝星周刊》,1955年10月7日第69期。
④ 艾略特(T. S. Eliot, 1888—1965),当代美国著名诗人,曾获诺贝尔奖,著有诗集《荒原》等。

似乎掌握了对现代诗、现代主义西方来源的诠释权,就掌握了对台湾现代主义诗坛的控制权。① 香港诗人马朗在《现代诗》第17期发表译作《T. S. 艾略脱诗抄》六首以及第19期刊出《纪念叶芝》后不久,余光中就在《蓝星周刊》发表专文《关于译诗》提出原文对照,以批判马朗译文的诸多缺失与谬误之处,如:"The Airport Almost Deserted,意为'机场几不见人',他译成'机场几乎委弃';谁委弃谁?这还像中文吗?"② 他甚至讽刺纪弦领导的现代派运动试图联合台港两地诗人以壮声势的企图:

> 难道这就是所谓"以台港两地为中心的东方现代主义文艺革命运动"吗?难道这就是香港现代主义的领袖马朗先生对于英美现代主义的认识的表现吗?连代名词都弄不清楚的"死翻字典的翻译家",也配译奥登的诗吗?这岂非污辱奥登,污辱叶芝?纪弦先生对于新诗自有其贡献,但他有时候做出来的傻事却像的惊人。与马朗的结合,便是一例。③

外文系毕业的高才生、年轻自负的余光中,在这里可谓得理不饶人。从此,马朗的译作就在《现代诗》销声匿迹了。翻译见解与诠释角度的不同,促使余光中重新翻译方思等人曾经翻译过的艾略特诗与论述,并陆续发表在《蓝星周刊》。余光中主编时期的《蓝星周刊》似乎与《现代诗》在诗观上、翻译诠释上都有不同的看法。这时《现代诗》主要的译者有方思、薛柏谷、马朗与叶泥、林亨泰(二人皆由日文转译);《蓝星周刊》的译者则有余光中、黄用、许国衡等。双方不仅在论战上争辩,翻译也形成两方对垒、暗中较劲的场面。

《蓝星周刊》所刊登的翻译作品大部分都没有中英文对照,可能限于篇幅,以致常无从判断翻译的优劣,但这些译作确实是当时在台湾的新诗人们接收外国诗坛信息与吸收西方现代主义诗艺非常重要的途径。

七、《蓝星周刊》的评论探察

《蓝星周刊》的评论从第5期开始。埃斯④不仅发表翻译作品,《蓝星周

---

① 蔡明谚:《一九五〇年代台湾现代诗的渊源与发展》,台湾清华大学中国文学系博士学位论文,2008年,第395页。
② 余光中:《关于译诗》,载《蓝星周刊》,1957年10月4日第169期。
③ 余光中:《关于译诗》,载《蓝星周刊》,1957年10月4日第169期。
④ 埃斯,本名孙旗,江苏淮阴人,20世纪五六十年代著名文艺评论家。

刊》的第一篇评论也是其大作，其《论诗的风格》上、下两部分，分别在第5、6期发表。

所谓风格，就是文学作品中所流露的特殊风味与品格，也就是作家的个性与人格在作品内容与形式上的综合表现，亦与我国自古以来人如其文的说法相似。风格产生的原因有二：一是内在因素，即先天之才与气；二是外在因素，即后天之学与习。刘勰在《文心雕龙·体性》中将文学风格分为八种；司空图《诗品》将诗的风格分为二十四品；姚鼐则将文学风格分为阴柔与阳刚两大类。除此之外，还有作者之风格、时代之风格、地域之风格、民族之风格、文体之风格等，可供讨论。

埃斯不仅引刘勰《文心雕龙》"诗总六义，风冠其首，斯乃化感之本源，志气之符点也"论风格，也引司空图的说法论个人风格：

> 风格便是诗人心灵全貌的呈现与深切的感应，它必须脉脉含情，与诗人的心情心心相印，没有心境上的光，意象便无从化生。风格是诗的灵魂，正如人有人格，而艺术的风格，也正是艺术家的风采，他不仅止于外在的闪烁，而且更是内在的光耀。①

埃斯强调诗的风格即作者人格的展现，要写好诗，就要先了解自我生命的意义，更要先学会做人。他也在文中论及时代风格：

> 历史时代精神的风格，实际上也不过在那一时代里，居于主导地位的社会思想型态的精神力量。惠特曼的博大泛爱底高扬的风格，正是社会底民主时代的精神表现。而莎士比亚底哈姆雷特式的，深思的浪漫蒂克（罗曼蒂克）的风格，也正是文艺复兴时代新兴市民阶层的醒觉神粮的凸现。②

埃斯认为诗应该反映时代与生活的现况，要能深刻反映、积极探索当代社会深层的观念与思想。而且更应该超越传统，创造一个属于当代的新风格、新传统。可见当时的新诗批评已达到一定的水平。其间还穿插有司徒卫的《蓉子的〈青鸟〉》《方思的〈时间〉》《覃子豪的〈海洋诗抄〉》等几篇书评。

---

① 埃斯：《论诗的风格》（上、下），载《蓝星周刊》第5、6期（1954年7月15日、22日）。
② 埃斯：《论诗的风格》（上、下），载《蓝星周刊》第5、6期（1954年7月15日、22日）。

覃子豪在年轻的天才诗人杨唤被火车撞死半年后，在《蓝星周刊》第13期发表《论杨唤的诗》，追念其人、评价其诗。他论杨唤的"像反抗暗夜的向日葵，我们永远朝向真理的太阳"等诗句，说："杨唤诗里的战斗气息，给予读者的是一种自然的呼吸，为读者所共同需要，而不是无生命标语的口号。"并举杨唤诗例："诗，是一只能言鸟，要能唱出永远活在人们心里的声音。"盛赞杨唤是个善用比喻的诗人："他的诗，格调新鲜，但不欧化；音节协和，但不陈旧。其形象生动，比喻深刻。"① 可谓给予杨唤非常高的评价。

杨宗翰曾赞赏诗人吴瀛涛发表在《现代诗》第3期的《原子诗论》颇具创意，可惜未见后续发展。② 可能是其未见吴瀛涛发表在《蓝星周刊》的其他篇《原子诗论》。吴瀛涛在《蓝星周刊》分两批共发表七篇《原子诗论》，从第14期到第17期共发表四篇，从第58期到第62期共发表三篇，前后相差七个月。前一批《原子诗论》谓科学已经进步到原子能时代，新诗也应该追求自由性与纯粹性，追求原子般细微的质素，融入各种科学实验的精神，并试图将原子讨论溯源至爱因斯坦的相对论、詹姆斯的实用主义等。可惜其理论太过空泛，原子诗的定义与形式依旧模糊，组织与中心思想不够严谨、明确，易流于空谈。吴瀛涛在《蓝星周刊》第32期发表《主题与变奏》一诗，提出"每一个乐音都是我们真正需要的'原子'"，应该就是其原子诗的创作与实验了。③

吴瀛涛第二批《原子诗论》试图将德国哲学家海德格尔（Martin Heidegger, 1889—1976）的存在哲学理论作为其依据，对人的生存结构进行诠释。然而，这三篇论文大多在解释海德格尔的理论，甚少诠释原子诗乃至原子诗论与西方哲学思想体系的联系。其《原子诗论》的思想体系显得空洞与贫乏，当时未见引起读者共鸣或反响，因此注定失败。但是吴瀛涛勇于提出"原子诗论"，是值得肯定的，其期许新诗人们追求原子般细微的质素与融入各种科学实验的精神，这种思想在当时是很前卫的。在张默、痖弦主编的《六十年代诗选》中，吴望尧的一系列科学、科幻诗被选入，主编在前言中惊叹："我

---

① 覃子豪：《论杨唤诗》，载《蓝星周刊》，1954年9月9日第13期。

② 文中说道："诗人吴瀛涛早在1953年就以'瀛涛'之名，在《现代诗》上发表过《原子诗论——论Atom Age的诗》。这篇论述指出，'原子是这时代的诗的新的象征，是这时代最纯粹最崇高最有力的诗精神之总称，诗人需要认清它，诗人要开始写出原子时代的新诗——原子诗'。吴瀛涛并从'它与最高科学精神符合''原子与原子诗的同质''它的纯粹性自由性'三点切入，申论原子与新诗之间的关联。这篇《原子诗论》颇具创意，可惜未见后续发展；至于其是否曾受日本诗学影响，犹待深入研究、比较。"参见杨宗翰：《锻接期台湾新诗史》，载《台湾诗学》（诗与史专辑），2005年6月第5号，注释46。

③ 吴瀛涛：《主题与变奏》，载《蓝星周刊》1955年1月20日第32期。

们所期待的'原子诗人'莫非就是吴望尧吗?"① 这或许就是吴瀛涛《原子诗论》对当时诗人或读者的影响或启发。

吴瀛涛在《蓝星周刊》发表的《原子诗论》与在《现代诗》上发表的文章是同时间完成的,为何无法继续刊登,颇耐人寻味。其在《现代诗》上的文章发表两年后,受现代主义思潮影响而极具前卫感的《原子诗论》才在覃子豪主编的《蓝星周刊》问世,可见覃子豪的编辑选稿取向与诗观并不保守,也再次验证了前述文学"班底"的重复性。除此之外,覃子豪主编时期选登的论文,数量上较余光中主编时期要少。

余光中从第161期开始主编《蓝星周刊》,每期必有论文或翻译作品,不论创作、论述或翻译,都有少数化、精英化的倾向。论述部分,除黄用发表十一篇、余光中四篇(另有翻译西方论文十几篇)、夏菁六篇,以及覃子豪一篇短论《论难懂的诗》和书序《法兰西诗选绪论》(连载六期)、《〈诗的解剖〉序》外,别无蓝星诗社社外人士的评论文章。这一时期刊登的论述与翻译的评论,几乎都与论战有关,是与纪弦激进的现代派做法互相批评的文章。双方一开始是各自阐述,《现代诗》相继刊登了《从"形式"到"方法"》(第14期)、《自反而缩虽千万人吾往矣》(第16期)、《抒情主义要不得》(第17期)等充满现代派思想的论文;蓝星诗社这边则有黄用《谁才配发出"诗亡"之叹?》(第161期)、《略谈诗中的"顿"》(第163~165期共三篇)、《"欧化"与"现代化"》(第168期),以及夏菁《谈诗中的哲理》等,双方论战前期是各弹各的调,互相暗中较劲。

不料自从覃子豪在《蓝星诗选》发表针对纪弦的《新诗向何处去》后②,双方即开始剑拔弩张的论战,都是为了各自认同的真理:《现代诗》、现代派诗人强调"主知"(重视知识、理性),要"横的移植",纪弦等人主要的认知是新诗(现代诗)必须在形式上与传统古典诗、格律诗区别,而提倡新诗的再革命,因此激进地提出必须全盘师法西方的形式与做法,大破大立;而蓝星诗社覃子豪、余光中、黄用等人则认为要延续抒情传统,不可偏颇,强调对新诗实质内容与形式的掌握,认为知性与抒情同等重要。

当现代派的林亨泰据法国诗人阿保里奈尔(G. Apollinaire, 1880—1918,亦作阿坡利奈尔)的立体主义主张与图像诗试验,而在《现代诗》发表符号诗

---

① 张默、痖弦:《六十年代诗选》,大业书局,1961年版,第68页。
② 覃子豪:《新诗向何处去》,载《蓝星诗选·狮子星座号》,1957年8月20日,第2~9页。

与《符号论》①说"很数学的也就是很艺术的"之时,余光中即在《蓝星周刊》发表《论数字与诗》,以古诗名句"白发三千丈""常怀千岁忧""太湖三万六千顷,多少清风与明月"等为例,说:

> 数字本身确(有)一种神秘的魅力,表现在诗中时更是如此;偶数予人以平衡之感,奇数予人以尖新之感。多数暗示豪华、壮阔,少数泄漏凄凉、冷落;无论如何,它使人觉得可靠,它不含糊,不逃避,有来历,有根据。②

余光中想表达的是古今中外以数字入诗,几乎都是追求无理而妙,或说合理而妙(反常合道)的夸饰技法,试图引导数字诗、符号诗诸多新奇夸张的实验回归合理与常规的方向。黄用则直接发文《排除"低级的图画性"!》,指出"诗中有画、画中有诗"是我国传统的概念,诗中的画是在心中形成的景象(图像),进而批判道:"近来常有人异想天开(其实只是拾人牙慧),真个在诗中画起画来了。这种安排在诗中简单幼稚的构图,无以名之,姑且称之为诗中'低级的图画性'。"③

黄用甚至在文末戏拟一首符号诗(图像诗),讽刺地说是为"低级的图画性"的诗作道别——《赋别》。黄用主要谈的是诗中的意境,认为当时《现代诗》刊出的几乎都是立体诗形式上的实验,并没有抓住图像诗真正的精髓。现代派在其刊物《现代诗》上对符号诗(图画诗)的大力鼓吹与推广,在余光中与黄用这几篇论文论辩后,几已停止或修正。《现代诗》也不再刊出这些黄用所称"低级的图画性"的符号诗。这些事后看来有趣的你来我往的论战,是在历来如萧萧、陈政彦、蔡明谚等人讨论现代派论战的文章中甚少提到的。④ 但是黄用的批判对以后的图像诗发展有无影响,则有待讨论。

现代派论战中双方的歧见,也发生在对西方现代主义诗人作品的翻译上,

---

① 林亨泰在《现代诗》第17期发表符号诗两首:《进香团》《电影中的布景》,1957年3月1日,第6页。他也在《现代诗》第18期发表符号诗两首:《体操》《患砂眼病的都市》,以及一篇论文:《符号论》,1957年5月20日,第30~31页。这的确是新奇的试验。经过一段时间的沉淀后,林亨泰发表在《创世纪》第13期的图像诗《风景NO.2》,却是一篇名作。

② 余光中:《论数字与诗》,载《蓝星周刊》,1957年8月16日第162期。

③ 黄用:《排除"低级的图画性"!》,载《蓝星周刊》,1957年11月1日第172期。

④ 参见萧萧:《五〇年代新诗论战述评》,《台湾现代诗史论》,文讯杂志社,1996年版,第114页;蔡明谚:《一九五〇年代台湾现代诗的渊源与发展》,台湾清华大学中国文学系博士学位论文,2008年;陈政彦:《战后台湾现代诗论战史研究》,台湾"中央大学"博士学位论文,2007年。

仿佛谁能确实掌握正确翻译的主导权，即胜券在握。因此当《现代诗》陆续刊出青空律（纪弦）、马朗等人的翻译后，余光中即在《蓝星周刊》发表《关于译诗》①提出原文对照，以批判马朗译文的诸多缺失与谬误之处，来自香港、以诗文（翻译）"声援"现代派的马朗，受到批判后，其译作也不再出现于《现代诗》。

林亨泰的《谈主知与抒情》发表在《现代诗》第21期，试图修正纪弦主导的现代派"抒情主义要不得"的完全主知的说法：

> 如果有首诗竟有百分之六十以上的"抒情"，这就是所谓"抒情主义的诗"而我们加以反对之；换句话说，我们真正欢迎的诗就是其"抒情"的分量要在百分之四十以下，而这就是所谓"主知主义的诗"。②

《现代诗》第21期刊登的林亨泰的《谈主知与抒情》与纪弦的《两个事实》《多余的困惑及其他》等文，都是对《蓝星诗选·天鹅星座号》上黄用、余光中等人的批判文章的回应。余光中因此也写了短论《两点矛盾》（上、下），主要谈格律诗与抒情的问题，分别刊于《蓝星周刊》第207、208期，以为辩驳。所谓以子之矛、攻子之盾，余光中善用林、纪之间论点与创作上的矛盾大加挞伐，并谓抒情成分超过百分之四十一必被其带上抒情主义或浪漫主义的大帽子等。真理愈辩愈明，所以说现代派论战的结果，即在消融各方的歧见与误会，使现代诗的前进路向趋于各方可接受的范围。余光中在其文章结尾中说得中肯：

> 自由中国的现代派对于新诗自然不无贡献，然而新诗的繁荣需要各家各派的共同努力来促成，并非现代派一家的功劳。一年以来，《蓝星周刊》始终保持着"兼容并包"的作风，既欣赏水之所以成为水的价值，亦不愿抹煞火之所以成为火的精神。③

余光中以火的热情与冲劲来比喻现代派的精神，以水的温柔与涵融来比喻蓝星诗社的稳健，在评价上给予现代派一定的赞赏，并不偏颇，值得肯定。现

---

① 余光中：《关于译诗》，载《蓝星周刊》，1957年10月4日第169期。相关评论参阅本章翻译部分。
② 林亨泰：《谈主知与抒情》，载《现代诗》，1958年3月1日第21期，第1页。
③ 余光中：《两点矛盾》（下），载《蓝星周刊》，1958年8月10日第208期。

代派论战的主战场，分别在现代诗社的刊物《现代诗》与蓝星诗社的两种诗刊《蓝星诗选》《蓝星周刊》，但是萧萧、陈政彦、蔡明谚等人的论文，往往把焦点放在《现代诗》纪弦与《蓝星诗选》覃子豪的文论上，而忽略《蓝星周刊》上余光中、黄用、夏菁等其他诗人的声音，这也可能是早期报纸副刊保存和收集困难的缘故。

八、结语

《蓝星周刊》初期的翻译从《诗经》开始，第 1 期魏子云将《诗经》中的一些诗歌直接翻译再创作为现代诗，意味着蓝星诗社是从中华文化传统的继承出发，融合西方诗学技法，在台湾开展属于自己的现代诗的探索。就翻译来说，不论古今中外，内容与形式的掌握是基本要素，但是对原诗意境的把握与其风格的传神更需译者尽心去揣摩，从宋颖豪在蓝星诗刊前后发表的桑德堡（C. Sandburg，1878—1967）的诗作译本可看出，早期蓝星诗刊的翻译者也不断地在追求创新与进步。

余光中主编时期刊登发表的翻译之作，多为评论或译介方面的文章，而少诗作。翻译与评论的结合，可能是配合当时的新诗论战而采取的一举两得的做法，既可以引介西方现代主义理论或学说，又可以借此反击对方。双方不仅写论文争辩，翻译也形成两方对垒、暗中较劲的场面。《蓝星周刊》的翻译以英美诗人作品为主，其次为欧陆诗人，然后是日本诗人的译介。可能是蓝星诗人们多为外文翻译家、诗人，主修专业以英文为主，例如余光中、黄用、糜文开等；欧陆诗人的译介，则多经日文或英文转译而来。无论如何，都为当时台湾贫瘠的文学土壤增添了肥料养分，为当时的台湾文学开启了一扇通往世界的门窗。

从《蓝星周刊》刊登的评论文章可看出蓝星诗人多次参与论战与维护现代诗的积极态度，更勇于检讨自己创作的缺失，以此勉励诗人们要有反躬自省的精神，以摆脱当时虚无与晦涩的创作气氛。余光中后来更指出，其《万圣节》里的作品，是富有现代精神的作品。回顾覃子豪与纪弦为主的现代派论战，可知当时蓝星诗人追求的是广义的、渐进的现代主义温和改革路线；而现代派追求的则是狭义的以现代主义理论为基础的激进改革运动。两者的论战与路线修正不仅调和了西方现代主义与中国传统文化精神，也激励了当时的现代诗人创作风气向现代主义加速倾斜，进而使现代主义深化且融入台湾诗坛，为诗人所用。

蓝星诗人们实事求是的态度与务实的作风，稳健的步伐与坚定的信念，是建立在对现代诗发展有清楚认识的基础上。当局者迷、旁观者清，在论战过后，真理浮出水面，双方的看法互相调和，遂清理出一条台湾现代诗自己的康庄大道。

综观《蓝星周刊》的出版与发行，与《现代诗》《现代文学》等刊物一样，都是现代主义在台湾诗坛发展过程中不可抹灭的重要历史见证。

《早期蓝星诗史》评介

> 诗是必然，诗社却是偶然。
>
> ——余光中

一、前言

《早期蓝星诗史》主要在刘正伟硕士学位论文《覃子豪诗研究》与博士学位论文《早期蓝星诗社（1954—1971）研究》的基础上，继续收集、整理、厘清早期蓝星诗社的历史，探讨蓝星诗社成立的动机与初期诗社的建构与发展等。对于早期蓝星诗社全部六种公开发行的诗刊，即《蓝星周刊》《蓝星（宜兰分版）》《蓝星诗选》《蓝星诗页》《蓝星季刊》《蓝星年刊》，分别抽取样本，讨论这些新诗作品的作者背景与内容，进行史实的探究与作品风格的分析，并深入论述当时各种诗学观点在作品中的呈现。

《早期蓝星诗史》以1954—1971年间蓝星诗社的相关人（诗人）、事（诗社、诗社发展史）、物（文本、诗刊、诗人作品）为经，以这期间的时间因素为纬，以当时台湾的社会环境为背景，力图较为完整地呈现早期台湾蓝星诗社的真实面貌、成就与贡献。因此，这本书实在可称详尽。

费时十多年的《早期蓝星诗史》，2016年元月由文史哲出版社出版，厚达542页。一出版即受诗坛瞩目，原因是蓝星诗社沙龙式组织松散，出版刊物庞杂且已停刊多时，故从没有人详细描述过蓝星诗史。此书的出版，仿佛让历史文物重见天日。

二、早期台湾诗坛与蓝星诗社概述

20世纪中期，台湾几乎同时出现三个重要的现代诗社：现代诗社（1953

年 2 月 1 日《现代诗》创刊)、蓝星诗社（1954 年 3 月 18 日成立，6 月 17 日《蓝星周刊》创刊)、创世纪诗社（1954 年 10 月《创世纪》创刊)。除《创世纪》还在运行外，其余两诗社已经停刊。

20 世纪 50 年代的"新诗的再革命"等现代诗运动与三次新诗论战，是台湾新诗发展的重要里程碑，而 50 年代台湾的三个主要新诗社团：现代诗社、蓝星诗社与创世纪诗社，扮演着举足轻重的角色。他们出版刊物、引领现代主义思潮，促进台湾现代诗蓬勃发展，有着重要的贡献，共同建构了当时台湾现代诗重建、发展与兴盛的版图。

50 年代初期，现代诗社代表人物纪弦要将西洋的现代诗技法全盘移植到中国的现代诗创作中，对此，蓝星诗人是持反对立场的。纪弦要打倒抒情，而以主知为创作的指导原则，蓝星诗社的作风则倾向于传统文人的抒情与知性兼容的诗风。

当时夏菁、邓禹平等人想要成立的诗社，就是这种以纯正诗艺与抒情取向为主的诗社，但因工作繁忙，一直到 1954 年 3 月才付诸行动，由夏菁与邓禹平邀约，对象为当时有出版抒情诗集的诗人。如刚出版《海洋诗抄》的覃子豪、出版《行吟集》的钟鼎文、出版《舟子的悲歌》的余光中、出版《青鸟集》的蓉子，而邓禹平则刚出版《蓝色小夜曲》，夏菁当时虽未出版诗集，却是新诗的爱好者，与邓禹平熟识且同为蓝星诗社的催生者。

余光中曾说蓝星诗社是一个没有社长、没有大纲、没有主义、不讲组织的诗社。如果以此观早期蓝星诗社的活动，似乎颇有中国传统文人温文儒雅的风格。

后来因为九歌出版社赞助出版发行的《蓝星诗刊》，需向相关部门登记为"蓝星诗刊杂志社"，乃推举余光中为发行人、罗门为社长，才开始有社长一职。古继堂的《台湾新诗发展史》称覃子豪为社长（第 181 页)，有误。

蓝星诗社的初期诗人包含发起人覃子豪、钟鼎文、邓禹平、夏菁、余光中，以及其他早期成员周梦蝶、蓉子、罗门、阮囊、向明、曹介直、商略、吴望尧、黄用、张健、方莘、夐虹、王宪阳，共十八位。后期加入的则有罗智成、苦苓、方明、蔡宏明（天洛)、赵卫明。

蓝星诗社大大小小各种刊物，加上各种复刊号等，共有十种。从 1954 年《蓝星周刊》创刊到 2007 年《蓝星诗学》第 24 期停刊，共跨越 53 个年头，总计出版 372 期。

三、《早期蓝星诗史》主要内容

《早期蓝星诗史》厚达542页，篇首除绪论外，还有黄维樑教授序和自序。

第二章"早期蓝星诗社发展史"分两部分，阐述蓝星诗社成立的动机与初期建构，早期蓝星诗社发起人与主要成员辨疑。

第三章"早期蓝星诗刊探究"，将早期蓝星《蓝星周刊》《蓝星（宜兰分版）》《蓝星诗选》《蓝星诗页》《蓝星季刊》《蓝星年刊》六种诗刊的源起、发刊词、发行动机与诗作等配合图片做一梳理，清楚地描述了它们发刊至结束的整个过程。

第四章"《蓝星周刊》文本考察"，分为《公论报》与《蓝星周刊》的出版发行、《蓝星周刊》的发刊词与办刊宗旨、刊头图案及其变异之考察、《蓝星周刊》的主编与作者及其诗作考察、《蓝星周刊》翻译与译介考察、《蓝星周刊》的评论探察等几个部分，对蓝星诗社的第一份发行刊物进行细致而深入的探讨。

第五章"蓝星诗社发起人及其早期作品析论"，则围绕蓝星诗社五位发起人——覃子豪、钟鼎文、夏菁、邓禹平及余光中的主要生平经历与作品，进行个人文学传记式的析论，让读者更深入而全面地了解他们的生平与文学成就。

第六、七章"蓝星诗人及其早期作品析论"，则对早期蓝星其他十三位成员——周梦蝶、蓉子、向明、罗门、阮囊、商略、曹介直、吴望尧、黄用、方莘、张健、敻虹、王宪阳的主要生平经历与作品进行了个人文学传记式的析论。

第八章"早期蓝星诗刊诗作抽样分析"，对所有早期蓝星诗刊进行统计与抽样，再将抽样样本与同时期台湾其他三本诗选的抽样进行比较，进而针对早期蓝星诗刊诗作抽样样本展开探讨。

第九章"早期蓝星诗刊诗作内容与技巧分析"，在上一章的抽样样本中进一步抽样，对早期蓝星诗刊诗作内容与技巧进行分析，并围绕这些诗作的风格与手法展开探讨。

第十章"早期蓝星诗刊的翻译与评论"，对早期各种蓝星诗刊中刊登的翻译作品与评论文章进行概略式探讨，从中了解当时翻译的风格与手法，以及评论、论战的情境。

附录包含了所有早期蓝星诗刊的目录，读者可以清楚查阅当时各位诗人发表的诗作。

《早期蓝星诗史》叙述详瞻、引经据典、图文相辅，让读者得以一窥早期蓝星诗社与诗人奋斗的轨迹。

四、早期蓝星诗社的成就

早期蓝星诗社（1954—1971）先后以覃子豪、余光中为精神领袖。《早期蓝星诗史》列举了早期蓝星诗社的几个成就。

（一）传承我国传统文化

早期蓝星诗社的成就之一，就是在当时一片激进的西化潮流中，坚持新诗温和的改革路线，维护古典抒情的传统精神，提倡以西方的新诗技巧与新观念为形式，以我国传统文化精髓为传承主体。

（二）拓展新诗发表园地

早期蓝星诗社的诗人们，不以大环境的困顿而怀忧丧志，而是更积极地为自己以及广大诗人们寻求发表的园地。除了《蓝星诗页》《蓝星季刊》与《蓝星年刊》外，《蓝星周刊》《蓝星（宜兰分版）》分别依附在《公论报》与《宜兰青年月刊》，《蓝星诗选》则由莹星资助发行。余光中、夏菁、覃子豪等人行有余力，更接编《文学杂志》《文星》杂志等诗作专栏，刊登更多诗人作品。他们借力使力，反而因为报刊的发行量较纯正诗刊大，无形中增加了新诗阅读者。

（三）推广诗教不遗余力

早期蓝星诗社诗人中，覃子豪致力中华文艺函授学校等各种新诗函授班的新诗推广教育，成效卓著，且在菲律宾的文艺营与文学社团担任讲师。早期各种蓝星诗刊更显示，余光中、张健、向明、罗门、蓉子等人常穿梭于各大专院校与文艺团体，不遗余力地进行新诗演讲与新诗社团教学，对于增进学院与社会人士对新诗的认识与喜爱有很大的帮助。

（四）评论翻译颇具贡献

早期蓝星诗刊的评论展示了蓝星诗人参与多次论战与维护新诗的积极态度，而且他们勇于检讨自己创作的缺失，以此勉励诗人们要有反躬自省的精神，以摆脱当时虚无与晦涩的创作风格。当时一些新诗人片面追求晦涩难懂的超现实诗风，蓝星诗人实事求是的态度与务实的评论作风对这些新诗人们起到了纠正和引导的作用。由此也可看出，蓝星诗社诗人们稳健的步伐与坚定的态度是建立在对新诗发展有清楚认识的基础上的。

（五）新诗创作与时俱进

有些论者以为蓝星诗社成员个人成就总是大于诗社成就，蓝星诗社是沙龙式的松散集社组织，没有教条、教义，相对也给成员更大的自由发展的空间，成员不会受限于任何主义或教条的框架之中。早期蓝星诗社的诗人有现代主义的表现与虚无内涵的尝试，最后回归新古典主义的创作。当时正值台湾新诗的创作摸索阶段，他们积极在诗作与理论中追求自省与进步，从他们创作风格的转变中，我们可以发现其中所反映的时代思潮与文学发展史演变的意义。

（六）自由与开放的风格

通过统计、抽样与分析，可以发现，对于在早期蓝星诗刊发表作品的诗人，主编几乎都以开放与自由的态度对待；对新诗作品内容与表现手法，也少有成见或干预。细读抽样作品文本，深入解读其中的内容与技巧，可以发现，当时各种现代主义技法在早期蓝星诗刊所选登的作品中几乎都可自由表现与发展。

（七）浪漫与抒情的特色

20世纪50年代的台湾文坛虽充满战斗文艺气氛，但战斗诗在早期各种蓝星诗刊里几乎不易找到，早期蓝星诗刊也可以说是当时的一股清流。从各种早期蓝星诗刊的附录编目与抽样样本来看，其选稿的标准可说是不问主义与背景，只看诗作好与坏，因为诗作的优劣终究是其永恒存在的唯一客观标准。经由抽样样本再抽样的诗作统计与分析，发现抒情与浪漫主义诗作数量最多，所占比例接近半数，从而可以推论，早期蓝星诗社发行的诗刊及其刊登诗作取向以浪漫与抒情特色为主。

五、结语

主义的教条规范是一种集体限制的特色，开放与无为则是一种自由的风格。白灵在《九歌版〈蓝星诗刊〉的历史省察——兼谈"诗刊的迷思"》一文中曾说："未来诗刊的面貌应是'服务诗坛''惕厉创作''诚实批评''深化理论''提拔后进'的舞台。"他也说，或许无为、开放与平衡，会是一个诗社正常的特色。早期的蓝星诗社与诗刊，正是在实践白灵说的这些特色与理想。

20世纪50年代的台湾诗人对新诗创作仍处于摸索阶段，经过诗坛内外几场新诗论战的洗礼、质疑与论辩，以及诗人自身的反省与实验，他们渐渐能够对各种诗学观点与技法融会贯通，懂得以中学为体、西学为用。

在此后的十多年中，蓝星诗社的成员保持着稳健的步伐与坚定的态度，不论是为维护新诗的正面发展挺身而出的论战与辩护，还是在新诗的创作与译介、推广与教育中，都担当着重要的角色，在台湾文学史上有其特殊意义。

《早期蓝星诗史》封面封底平铺图

"哀其往生，庆其脱解"
——余光中诗创作论*

> 哀其往生，庆其脱解。
>
> ——余光中语

2017年12月14日近午，在高速公路的车上听到电台头条新闻："著名诗人余光中逝世……"一时心中五味杂陈。余光中是早期蓝星诗社的主要诗人之一，也是华人世界重要的作家。

2017年2月18日，蓝星诗人罗门的追思会上，我见余光中与张晓风等人为痛失挚友而泣涕、痛心疾首的状貌，甚为动容。今天余光中去世，他与罗门同为1928年出生，皆享年90岁。

欲评论余光中的诗文，一则以忧一则以喜：忧的是余光中文名远播，现今世界上只要有华人的地方，几乎就有余光中诗文的传播，评论他的文章何止千百篇，要跳出前人的成就或窠臼，非费一番苦功不可；喜的是余光中文字明朗、清通，音调铿锵、节奏优美，不论阅读欣赏或者评论赏析，都是一大乐趣。[①]

读诗，是悼念诗人最好的方式。让我们来了解他的诗路历程与创作风格之变化。

---

* 本文原载于《华文文学评论》（第七辑），四川大学出版社，2020年版，第25~41页。

① 黄维樑所编著的两本评论集《火浴的凤凰——余光中作品评论集》（纯文学出版社，1979年版）与《璀璨的五彩笔——余光中作品评论集》（九歌出版社，1994年版），可说为"余学"奠定了基础。钱学武的《自足的宇宙——余光中诗题材研究》（香江出版有限公司，1998年版），对余光中诗题材的研究，可说是巨细靡遗。其他关于余光中的评论，网络搜寻可得者在千篇以上。

一、生平概述

余光中（1928—2017），福建永春人，九月九日生于南京。青少年时期适逢抗战和国共内战，而辗转南京、上海、重庆、厦门、香港等地，1950年随家人来台。余光中曾在厦门大学外文系读了半年，1952年从台湾大学外文系毕业，1958年到美国进修，一年后获得爱荷华大学艺术硕士学位。先后担任台湾师范大学英语系教授、台湾政治大学西语系主任、台湾中山大学文学院院长兼外文研究所所长。曾在1964年与1969年先后两度赴美讲学共四年。自1974年起到香港中文大学任教11年（期间返台客座一年）。与覃子豪、钟鼎文、夏菁、邓禹平等人发起蓝星诗社。曾主编《文星》诗辑与《现代文学》《蓝星周刊》《蓝星诗页》《文学杂志》等刊物。

《余光中传》封面

余光中诗文双璧，著译等身，是极具特色和影响力的作家。他是学院派诗人，一生创作、著述丰硕而多元，在1967年的《五陵少年》自序中曾说自己是"艺术的多妻主义者"。

2017年2月18日罗门追思会上笔者与余光中夫妇合影

余光中活跃于华人文艺界，经常赴海外演讲，担任文学奖评审，也多次获得文学奖，包括中国文艺协会新诗奖（1962）、第15届诗歌类"国家文艺奖"（1990）、吴三连奖、时报文学奖、金鼎奖等，也曾获选为"十大杰出青年"（1966）。除写诗外，也写散文、评论，从事翻译、编辑，被黄维樑誉为手握"璀璨的五彩笔"的著名作家。

二、作品评析

余光中在其居于南京与厦门时已经开始创作新诗，在报刊发表。1950年来台后，更积极从事新诗的创作与其他文学的活动。他在《舟子的悲歌》的后记中自言："影响我最大的还是英诗的启发，其次是旧诗的根底，最后才是新诗的观摩。"[1] 关于他早期创作风格演变有不同的分期，大抵是以其诗集创作与出版的先后来分[2]：

（一）格律诗时期（1949—1956）

这一时期以《舟子的悲歌》《蓝色的羽毛》《天国的夜市》[3] 为代表。三部诗集所录多为豆腐干体的格律诗作，明显上承新月派余绪，大多数篇章均为二段或三段，每段四行，二、四句普遍押韵。从其最早的诗集《舟子的悲歌》来看，早期作品的诗风与形式都属于中国早期的格律新诗与自由诗，并无特别出色的作品。例如：

> 秋月照在海岸上。
> 他背后的刺刀
> 闪出冷冷的清光。
> 他独自站在高岗上，
> 向海水的尽头凝望，凝望。
> ——《中秋夜》[4]

---

[1] 余光中：《舟子的悲歌》，野风出版社，1952年版，第69页。
[2] 相关的分期说法，可参见余光中：《从古典诗到现代诗》，《掌上雨》，大林出版社，1980年版，第180~182页；刘朱迪：《论余光中诗风的演变》，载《文讯》，1986年8月第25期，第128~150页；钱学武：《自足的宇宙——余光中诗题材研究》，香江出版有限公司，1998年版，等等。
[3] 1956年余光中原拟出版第三册诗集《魔杯》，但因故拖到1969年才由三民书局印行，书名也一并改为《天国的夜市》。
[4] 余光中：《舟子的悲歌》，野风出版社，1952年版，第15~17页。

你原是她的游子，
我原是她的迷羊。
今夜，我邀你对倚一枕，
陪着我一同怀乡。
————《伊人赠我一发歌》①

昨夜，
月光在海上铺一条金路，
渡我的梦回到大陆。
在那淡淡的月光下，
仿佛，我瞥见脸色更淡的老母。
————《舟子的悲歌》②

《舟子的悲歌》封面

上面的三首诗，都以思乡情怀为主，凝望、怀乡、梦回的都是不可企及的故乡。诗人用《舟子的悲歌》诗名当书名，或许是形容自己当时如浮萍般漂泊的处境，随着大时代的变化，从重庆、南京、厦门、香港再到台北，不断地迁移，恍如"不系之舟"。此时，却隐约可以看出其思乡情怀等思念故土的作品，都属于其自由诗与格律诗风格时期的怀乡少作。

此一阶段的代表作应为《天国的夜市》里的《饮一八四二年葡萄酒》，品酒思古，音调和谐，文字华美，结构严谨，有新月派余韵。

（二）现代化时期（1957—1959）

这一时期以诗集《钟乳石》《万圣节》为代表，开始大量衍出长短错落的自由诗与现代化的句式。这两册诗集相继在1960年的8月与10月出版，写作时间几乎一致，只是作者刻意将其留学美国期间的感触与体验（或者冲击），都收入《万圣节》中，以显示其在美国受到现代艺术的影响，境界一新、诗风大变。其实余光中留美前夕已经逐步接受现代主义的洗礼与启示，爱荷华大学的写作训练与艺术课程启迪了余光中，他开始接触现代艺术，吸收西洋音乐乐风，作品开始有抽象的趋势。作者认为读者如能以立体派或抽象派的观点去

---

① 余光中：《舟子的悲歌》，野风出版社，1952年版，第45~46页。
② 余光中：《舟子的悲歌》，野风出版社，1952年版，第23~25页。

读，将更可以把握诗中的精神。① 例如：

> 零度。七点半。古中国之梦死在
> 新大陆的席梦思上。
> ……
> 早安，忧郁。早安，寂寞。
> 早安，第三期的怀乡病！
> ——《新大陆之晨》

> 零下的异国。我的日记里
> 有许多加不成晴朗的负数。
> ——《当风来时》

> 毛玻璃的三月，
> 冬之平面外逡巡着
> 太阳的铜像。
> ——《毛玻璃外》②

以上三首诗，尤其《毛玻璃外》中，诗人把季节形象化、具体化了，三月在美国仍寒冷，仿佛冬天的尾巴，可是三月又像是初春的传令兵，告诉人们暖阳初临的讯息。《万圣节》中的《我之固体化》一诗，以"一块拒绝融化的冰"自喻，清晰呈现出诗人在中西文化之间的抉择与困境：

> 在此地，在国际的鸡尾酒会里，
> 我仍是一块拒绝融化的冰——
> 常保持零下的冷
> 和固体的坚度。
>
> 我本来也是很液体的，
> 也很爱流动，很容易沸腾，

---

① 余光中：《万圣节》，蓝星诗社，1960年版，第4页。
② 余光中：《万圣节》，蓝星诗社，1960年版，第8～11、32、30～31页。

> 很爱玩虹的滑梯。
>
> 但中国的太阳距我太远，
> 我结晶了，透明且硬，
> 且无法自动还原。①

诗中"国际的鸡尾酒"是指其在写作班的各国同学，也可能是美国这一民族大熔炉的隐喻。之所以"拒绝融化"，显然跟作者坚守对中国传统文化的认同有关。这类中西文化、传统与现代间的持续抗衡与拉锯，在余光中这一时期的创作里反复出现，说明他对寻找、重建自我主体定位的关切与急迫。这类彷徨无助、尚无法自我定位的"主体"在《万圣节》中甚至有些虚无倾向，找不到新的主体创作的方向，只有固守，不被融化（同化）。

《西螺大桥》则是《钟乳石》中最具气势的代表作，以"矗然，钢的灵魂醒着。/严肃的静铿锵着"开篇；以倒装句"矗立着，庞大的沉默。/醒着，钢的灵魂"结束，现实世界的大桥化身为一座潜意识之桥，命运的自觉唤醒理想的创作者"必须渡河"的启示：

> 于是，我的灵魂也醒了，我知道
> 既渡的我将异于
> 未渡的我，我知道
> 彼岸的我不能复原为
> 此岸的我。
> 但命运自神秘的一点伸过来
> 一千条欢迎的臂，我必须渡河。
>
> 面临通向另一个世界的
> 走廊，我微微地颤抖。②

《钟乳石》封面

从未渡到既渡、从此岸到彼岸，《西螺大桥》象征余光中正式大步迈向现代主义的道路，不再彷徨迟疑，纵然紧张得微微地颤抖，但他毕竟勇敢渡河

---

① 余光中：《万圣节》，蓝星诗社，1960年版，第50~51页。
② 余光中：《钟乳石》，中外画报社，1960年版，第53~55页。

了,果真通向全然不同的另一个世界,走上另一条坦途。

(三) 虚无时期(1960—1961)

这一时期的风格具现于《天狼星》①。这个时期的余光中在西化、现代化的过程中,急欲找寻自我的定位与未来的方向,也有为自己与同辈的现代诗人(他称之为表弟们)作"传"的企图。但《天狼星》组诗的主题却不太清晰,虽有意表现诗人在传统与现代之间的抉择,却同时也在诗中显现出对传统与现代皆无法明确的暧昧态度。例如:

> 大学那种教堂里,什么神都没有
> 魁伟的名字中住着侏儒
> 当五四的里程碑爬满青苔
> 一些白发遂崇高如雪峰
> 苍白的联想——石灰质,白圭,与樟脑
> 我们是上教堂的无神论者
> 钟声响时,我们就继续做梦
> 对着黑板催眠的虚无
> ——《表弟们》②

《天狼星》封面

当一个学生缺乏信仰时,如教堂般神圣的大学里什么神也不存在。当诗人对西方的各种主义、潮流感到疑惑时,他再也不相信什么神;当诗人不再去继承或回顾五四的传统时,五四的里程碑对此时的他来说就像爬满了青苔,被遗忘(或遗弃),淹没在历史的草丛中。此诗象征当时余光中对各种现代主义的疑惑,却也不愿继承传统,显得相当彷徨无助,只好继续幻想、继续做梦,对着黑板发呆,像被催眠般,做着虚无的梦。

余光中在这一时期的作品中时常透露出彷徨无助,又始终无法自绝于传统,而有"真空的感觉"。《天狼星》投影的不但是个人或诗坛的无依、空虚,也是一种文化、一个民族对继承传统的怀疑和面对外来文化冲击时的彷徨。这

---

① 《天狼星》发表于1961年5月号《现代文学》第8期,后与《天狼星》新稿一同收入余光中:《天狼星》,洪范书店,1983年版。
② 余光中:《天狼星》,洪范书店,1983年版,第74页。

首诗后来引发洛夫《天狼星论》①的批判与论战，而后余光中发表《再见，虚无》，乃正式告别彷徨探索的虚无与实验期，回归古典，在传统文化历史宝库里寻宝，宣扬其"新古典主义"。②

（四）新古典时期（1961—1964）

这一时期以诗集《五陵少年》《莲的联想》为代表。余光中说："《五陵少年》之中的作品，在内涵上，可以说始于反传统而终于吸收传统；在形式上，可以说始于自由诗而终于较有节制的安排。"③诗人此时期怀念大陆的乡愁诗与回归传统抒情风格的诗作几乎俯拾可得。例如1962年写的《春天，遂想起》：

> 春天，遂想起
> 江南，唐诗里的江南，九岁时
> 采桑叶于其中，捉蜻蜓于其中
> （可以从基隆港回去的）
> 江南
> 小杜的江南
> 苏小小的江南
> ……
> 复活节，不复活的是我的母亲
> 一个江南小女孩变成的母亲
> 清明节，母亲在喊我，在圆通寺
>
> 喊我，在海峡这边
> 喊我，在海峡那边
> 喊，在江南，在江南
> 多寺的江南，多亭的

---

① 洛夫：《天狼星论》，载《现代文学》，1961年7月第9期，第77～92页。后收入洛夫：《论余光中的〈天狼星〉》，《诗的探险》，黎明文化公司，1979年版，第191～216页。

② 关于对余光中《天狼星》的分析与看法，以及与洛夫间的论战，陈芳明有精彩的解析与评论，分别是《回望〈天狼星〉》与《回头的浪子》，都收录在黄维樑所编的《火浴的凤凰——余光中作品评论集》中。

③ 余光中：《五陵少年》，大地出版社，1981年版，第2页。

> 江南，多风筝的
> 江南啊，钟声里的江南
> （站在基隆港，想——想
> 想回也回不去的）
> 多燕子的江南①

在异乡的诗人不仅容易触景生情，且多愁善感，所以到了春天遂想起、怀念起美丽而多雨的江南，留下童年美好回忆的江南故乡。诗人站在基隆港口怀乡，仿佛只要一登船就可直达故土，却是想回也回不去，只有想，也只能想了。

余光中认为《五陵少年》中的《圆通寺》是重要的转变，那种简朴的句法和三行体（三联句），以及那种古典的冷静感，无疑是接通了《莲的联想》的曲径。《莲的联想》继承了中国古典词和曲的传统，是运用了中国文字本身的许多特点而开展的新诗。例如：

> 诺，莲何田田，叶何翩翩
> 你可能想象
> 美在其中，神在其上
>
> 我在其侧，我在其间，我是蜻蜓
> ——《莲的联想》②

> 等你，在雨中，在造虹的雨中
> 蝉声沉落，蛙声升起
> 一池的红莲如红焰，在雨中
> ——《等你，在雨中》③

---

① 余光中：《五陵少年》，大地出版社，1981年版，第71～74页。
② 余光中：《五陵少年》，大地出版社，1981年版，第7～10页。
③ 余光中：《五陵少年》，大地出版社，1981年版，第11～14页。

《五陵少年》《莲的联想》封面

这一时期，余光中既歌咏亲情伦理、讽诵汉魂唐魄，也把地理的乡愁乘以文化的沧桑，由早年浪漫怀古转为写实伤今，成了低回的吟咏。无论在文白的相互浮雕上、单轨句法和双轨句法的对比上、工整的分段和不规则的分行之间的变化上，《莲的联想》都以二元手法为中国文学的抒情传统开辟了一个新的方向。

（五）走回近代中国时期（1965—1969）

这一时期以诗集《敲打乐》为代表。《敲打乐》一诗描述的是中国积弱不振的悲惨近代史，以及被列强不断侵略、割据的命运。余光中是个敏锐的诗人，在美国的几次留学或讲学都对他产生或大或小的冲击与影响。1964年他应邀赴美讲学，受环境的冲击更激烈，使其作品中的自我剖析更深入，形而上的主题、同一主题的两面探索、性与战争的交相映照，均有更深刻的探讨。例如：

中国中国你跟我开的玩笑不算小
你是一个问题，悬在中国通的雪茄烟雾里
他们说你已经丧失贞操服过量的安眠药说你不名誉
被人遗弃被人出卖侮辱被人强奸强奸轮奸
中国啊中国你迫我发狂
　　　　　　　　——《敲打乐》

这首诗以"敲打乐"为名，颇有敲敲打打、一吐胸中郁垒的意涵，诗句长而节奏紧凑明快，表现其激昂难平、恨铁不成钢的心境。他说：

> 在《敲打乐》一诗里，作者有感于异国的富强与民主，本国的贫弱与封闭，而在漫游的背景上发为忧国兼而自伤的狂吟，但是基本的情操上，却完全和中国认同，合为一体，所以一切国难等于自身受难，一切国耻等于自身蒙羞。这一切，出发点当然是爱国。①

这一时期，余光中的作品吸收摇滚乐的快速节奏，来呈现他个人的天涯浪子心境；以浪漫精神回归故土的民族意识面对眼前的现实。这个阶段的余光中也挣脱了自我定位的迷惘，期待创造经由生命的苦楚而臻于永恒的诗艺。

（六）香港时期（1974—1985）

余光中的香港时期，诗文创作皆丰富可观。

他曾经说过大陆是母亲、台湾是妻子、香港是情人，亦可以说这些是其第一、二、三个故乡，凡居住过的地方，必有思念与怀想的乡愁。这一时期他在"情人"香港的怀抱里，近距离望着故乡模糊的景色，感受"母亲"大陆传来的声息与跳动的脉搏；另一方面却想望着"妻子"台湾的种种。

离开后才发现距离产生美感，《厦门街的巷子》一诗中表现出向往居住过的厦门街种种的过去与故事：

> 又一轮中秋月快圆的季节
> 秋已到巷口，夏还徘徊
> 在巷底那一排阔叶树阴里
> 从从容容地让我走过
> 有回声如远潮的时光隧道
> ……

这时在香港的余光中北望故乡，诗末怀想，就算这时回到江南，故乡只怕也陌生了吧！

这时期的余光中住在香港中文大学宿舍，北望即是故乡山水，山脉一直延伸，江水从故土蜿蜒而来，每天耳闻故乡传来的消息——例如《九广铁路》传

---

① 余光中：《敲打乐·自序》，九歌出版社，1986年版，第9页。

来铿铿的节奏；晨起张目想望与所见皆是乡愁，如《北望——每依北斗望京华》：

> 碧螺黛迤逦的边愁欲连环
> 叠嶂之后是重峦，一层淡似一层
> 湘云之后是楚烟，山长水远
> 五千载与八万万，全在那里面
> 而历史，炊黄粱也无非一梦
> 多少浪子歌哭在江湖
> ……①

该诗共 20 行，叙述诗人旅居香港，北望故土的边愁与怀乡的情境。副题用了杜甫《秋兴》八首之二的诗句"夔府孤城落日斜，每依北斗望京华"作为引子，叙述在宿舍阳台北望的情景，只消一抬头，除了一面面海外，栏杆三面所面对的、迫在眉睫的，都是故乡绵延而来的苍苍山色，那边愁就似这绵延不绝的重峦叠嶂，山脉后都是我所怀想的同胞与悠久的历史文化呀！诗人写下这悲天悯人的诗句，其遥念故土的情怀，在此展露无遗。

诗后面叙述"月，是盘古的瘦耳冷冷"，盘古代表着中国或中国人，不就是诗人自我之投射吗？我瘦瘦的耳就如盘古时代的月"俯向古神州无边的宁静"，代表着我怀想的是我牵挂与思念之故乡悠久不变的历史文化，这让我获得了无边的安慰与宁静。最后两行的结尾，诗人由远而近，由无远弗届的历史与故乡感怀收束到自我的观照，北斗星之出现使得首尾呼应，造成连绵不绝的思念情怀。当夜深而香港黯了千灯，阳台一角的我的思绪便仿佛升到了北斗星的高度，观照着故土。诗人在这里体验到的孤独感，与三闾大夫屈原的忧国怀乡有着异曲同工之妙。

（七）晚近时期（1985—2017）

1985 年 9 月余光中回到台湾，定居于高雄爱河畔，在西子湾边的中山大学任教，从此一家人"情定西子湾""永浴爱河"。1987 年台湾当局开放民众赴大陆探亲，并开启两岸民间交流，于是络绎不绝的返乡人潮纷纷经香港、澳门等地，辗转赴大陆探亲或旅游。这里所要探讨的余光中的回乡诗，也有两种

---

① 余光中：《天狼星》，洪范书店，1983 年版，第 20~21 页。

情景：一是回到宝岛第二故乡的部分；二是返回大陆探亲、旅游与访问的部分。

诗人回到高雄四个月后，旋即在 1986 年 1 月为"木棉花文艺季"写了主题诗歌《让春天从高雄出发》，诗中显现的或许就是游子回到"故乡"快乐的心境吧！这也正式宣告他的"诗生活"要从高雄再次出发了[①]：

让春天从高雄登陆
让海峡用每一阵潮水
让潮水用每一阵浪花
向长长的堤岸呼喊
太阳回来了，从南回归线
春天回来了，从南中国海
让春天从高雄登陆
这轰动南部的消息
让木棉花的火把
用越野赛跑的速度
一路向北方传达
让春天从高雄出发

余光中回到爱人（指台湾）的怀抱，心情是愉悦的。当然也有对情人（指香港）恋恋不忘的诗作，如《老来无情》《香港结》《紫荆赋》等。但是更多的是他对台湾的关注，如咏水果诗、山水诗、乡土诗、环保诗等。如环保诗《控诉一枝烟囱》："用那样蛮不讲理的姿态/翘向南部明媚的青空/一口又一口，肆无忌惮/对着原是纯洁的风景/像一个流氓对着女童/喷吐不堪的脏话……"[②]显现的是回乡后对社会现实的关注。

另一种回乡的感触，是对其乡愁诗作的彻底解构。1987 年 11 月台湾开放民众赴大陆探亲旅游，两岸的民间交流活动开始。一时间，海峡两岸的交流与气氛活络起来，穿梭在两岸之间旅游与探亲的人潮络绎不绝，多如过江之鲫。余光中在 1992 年 9 月应北京社会科学院外文所邀请，首次前往北京，盼了四十多

---

① 参见黄维樑：《新诗的艺术·乡土诗人余光中》，江西高校出版社，2006 年版，第 226~248 页。
② 参见黄维樑：《新诗的艺术·乡土诗人余光中》，江西高校出版社，2006 年版，第 226~251 页。在此不再赘述。

年的心愿、蓄积四十多年的乡愁，一夕之间"解放"了，顿时不知所措，他说：

> 站在街边的垂柳荫下，怔怔望着满街的自行车潮，不知道感到熟悉还是陌生。北京人问我感觉怎么样，我苦笑说："旧的太旧，新的太新。"旧的，是指故宫；新的，则是指满街的台港饭店和合资大楼；我神往已久的那些胡同却不见了。①

文辞中充满忧喜参半的矛盾心情，毕竟两岸分隔太久了，形成了不同的制度与生活方式，对诗人来说，回到了故土，却仿佛来到另一个世界。但终究是回到了魂牵梦系的故地，那些不变的历史文物、名胜古迹与山川景色，就是游子心灵最好的慰藉与思乡的解药，例如《登长城——慕田峪段》：

> 凭历劫不磨的石砖起誓
> 我不是匆匆的过客，是归魂
> 正沿着高低回转的山势
> 归来寻我的命之脉，梦之根
> 只为四十年，不，三千里的离恨
> 比屈原更远，苏武更长
> 这一块块专疗的古方
> 只一帖便愈②

历史古迹长城的砖石，在此突然变成一帖帖的良药，专治思古病与思乡病，号称一帖就药到病除了。1995年余光中回到了故乡福建，参加厦门大学74周年校庆，阔别多年后重返母校，触景生情，四十多年前的校园生活仿佛历历在目，触发了诗人无限的感慨，于是诗人写了《浪子回头》，述说心境：

> 鼓浪屿鼓浪而去的浪子
> 清明节终于有岸可回头
> 掉头一去是风吹黑发
> 回首再来已雪满白头

---

① 余光中：《舟子的悲歌》，野风出版社，1952年版，第172页。
② 余光中：《舟子的悲歌》，野风出版社，1952年版，第83~84页。

一百六十浬这海峡，为何
渡了近半个世纪才到家？
……
说，一道海峡像一刀海峡
四十六年成一割，而波分两岸
旗飘二色，字有繁简
书有横直，各有各的气节
不变的仍是廿四个节气
……
浪子已老了，唯山河不变
沧海不枯，五老的花岗石不烂
母校的钟声悠悠不断，隔着
一排相思树淡淡的雨雾
从40年代的尽头传来
……①

诗中写到浅浅的海峡却花了四十多年才得以跨越，当年意气风发的少年转眼已是雪满白头了，多么可悲呀！一回头才发现变化很大，不变的仍是老祖宗传下来的历史文化，包括大家通用的一年二十四个节气等。浪子回来了，也老了，唯有山河历史是无法改变的，是共同传承的血液与命脉。余光中说：

> 这十年来，我已经回大陆不下于十六七次了。因此我不觉得"乡愁"有那么迫切的压力要让我再写。相反的，我回来这么多次了，我所写的比较写实了。"乡愁"还是一种比较浪漫的憧憬、一种感伤的回忆。所以那样的诗可一而不可再，大概写不出来了。②

这段话间接说明了距离产生美感，当诗人踏上日思夜梦的故乡，脑海中童年的记忆不再，故乡古朴的容颜已改，乡愁的主题也就自然而然消散。取而代之的，反而是写实、感伤与感时忧国的诗作了。

---

① 参见余光中：《高楼对海》，九歌出版社，2001年版，第23~25页。
② 余光中：《舟子的悲歌》，野风出版社，1952年版，第173页。

三、结语

余光中诗与散文的创作成果丰硕，而获得最多华人传诵的就是现代诗中的乡愁主题诗歌。

综观前述，余光中常随着环境的变化与冲击，不断尝试新的创作题材与风格。他早期诗风格的转变与成长，几乎代表着台湾当时新诗发展的轨迹。他那不断学习与修正的精神，其学习与自省的工夫，都令人敬佩。

美籍英国诗人奥登（W. H. Auden）认为检视一个诗人是否为大诗人的要项有五：多产、具有广度、具有深度、技巧好、作品前后蜕变；至少须具备三个半左右才行。[①]

余光中历年来的诗作有一千多首，在华文诗人中，实属多产。诗作题材之广，包罗万象，从古至今、从东方至西方、上天下海，几乎无所不包，无不尝试。诗作的深度与技巧，参见上述分析，在现当代华文诗人中，亦属一流之列。他作品前后蜕变成长的速度之快，从前述其诗作风格的转变分析，亦见端倪。因此，以奥登的说法来检视，余光中可以说是近代华文诗坛中的佼佼者，称之为大诗人，应当不为过。

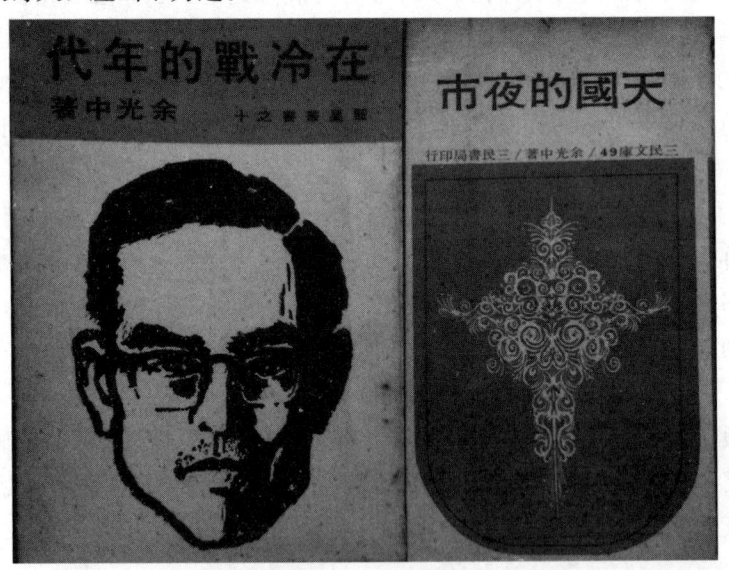

《在冷战的年代》《天国的夜市》封面

---

① 余光中：《大诗人的条件》，《听听那冷雨》，纯文学出版社，1974年版，第176页。钱学武：《自足的宇宙——余光中诗题材研究》，香江出版有限公司，1998年版，第9页。

纯粹的诗人
——罗门现代诗创作论[*]

罗门,本名韩仁存(1928—2017),1928年11月20日出生于广东省文昌县(今海南省文昌市)。1942年进入广州的空军幼校,后进入杭州笕桥空军飞行官校。1949年到台湾,1950年因踢足球腿部受伤,停止飞行。1951年考入民航局工作,直至1976年退休。1954年结识诗人蓉子并开始写诗,1955年4月4日下午四点四十四分与蓉子在台北市一座教堂结婚,两人成为文学界杰出的文学伉俪。中国人最忌讳"四",因其谐音为"死",但因蓉子家族都为基督徒[①],基于坚定的爱情,他们亦无反顾地选择相信"死心塌地",果然他们携手走过了一辈子。

年轻时沉浸在爱情滋润中的罗门激发出许多创作灵感,罗门曾说:"贝多芬培养我的诗人心灵,蓉子引燃我的诗人生命。"并说蓉子是"打开创作之门的执钥者"。他的第一本诗集《曙光》[②]于1958年由蓝星诗社出版,并获得纪弦与覃子豪的赏识,先后加入现代派与蓝星诗社,而开始写诗与投身到蓝星诗社都是受夫人蓉子的影响。他曾主编《蓝星诗页》《蓝星年刊》《蓝星季刊》等。在六七十年代,灯屋是蓝星诗人时常聚会之地,在覃子豪逝世后蓝星诗社的一段黯淡时期,他们勉力维系着蓝星的灯火。

罗门早期出版的诗集有《曙光》《第九日的底流》《死亡之塔》《隐形的椅子》《罗门自选集》等十七本。他的诗论集有《现代人的悲剧精神与现代诗人》《心灵访问记》《长期受着审判的人》等八本。评论他的学术论文共有上百篇。诗歌创作的成就使罗门获得了不少荣誉:1966年以《麦坚利堡》一诗获菲律宾总统"马可仕金牌奖";1969年获菲律宾总统"大绶勋章",和蓉子并称为

---

[*] 本文原载于《华文文学评论》(第八辑),四川大学出版社,2021年版,第80~93页。
① 蓉子祖父、父亲在故乡江苏时都是基督教牧师。罗门在人生最后两年也受蓉子影响而皈依基督教。
② 罗门:《曙光》,蓝星诗社,1958年版。

"中国杰出的文学伉俪"。1988年获得时报文学奖新诗推荐奖。2012年,他以"台湾现代主义诗歌巨擘"获首届两岸诗会"桂冠诗人"奖。

罗门写了大量理论文章并出版了八部诗论集,表现了他在诗歌理论上的深入思考和不俗的创见。他从创作中总结出理论,用理论来指导创作,这种理论和创作的紧密结合,成了他在台湾诗坛上的一个重要特色,展示了他试图将艺术与新诗结合的野心,并持续推动其"第三自然螺旋形架构"理论形成,一生奉献给缪思,努力不懈。[①] 他与蓉子一起主编1964年起的两期《蓝星年刊》,一向热爱创作并以此为志的罗门,曾说:"生命太短了,我只能以艺术作为我的精神的事业。"因此,他于1977年辞去所有工作,努力经营灯屋,并专心从事现代诗创作与理论研究。[②]

一、最后的时光与诗友评论

(一)最后的时光

蓝星诗人罗门于2017年1月18日清晨逝世,享年90岁。《文讯》杂志封德屏社长在脸书上发布诗人罗门去世的消息,虽知人生难免如此,未免一叹。罗门的最后几年一直受骨质疏松症的困扰,缠着护腰,还要照顾同龄的太太——蓉子也长期为膝关节疼痛无力不良于行所苦,行动都不太方便。2016年10月底罗门摔跤两次,进出医院数次,在老人院中整日卧床昏睡,很少进食。在2017年1月18日清晨6时因天寒体衰,于睡梦中逝世。

2015年9月底,蓉子只身住进了台北市耕莘医院附设的大龙老人住宅养老院,后来罗门也住进环河南路的老人中心,多次进出台大医院与台大精神病院后转住松山疗养院,最后搬进北投道生院老人长期照顾中心。2016年8月,蓉子也从大龙老人住宅搬进北投道生院老人长期照顾中心。他们原名"灯屋"的爱巢——后来罗门漆成白色而改名"白宫"的房子也出售了,权做他们的养老经费。

罗门晚年受蓉子影响而受洗为基督徒。他是个主观而纯粹的诗人,眼里除

[①] 相关理论与其他评论,可参见张艾弓:《罗门论》,文史哲出版社,1998年版;张汉良、郑明娳、蔡源煌、林耀德等:《门罗天下》,文史哲出版社,1991年版;罗门:《诗眼看世界》,师大书苑,1989年版;林耀德:《罗门论》,师大书苑,1991年版。

[②] 参见罗门、蓉子夫妇提供的档案资料。以及古继堂的《台湾新诗发展史》;周伟民、唐玲玲:《日月的双轨——罗门蓉子文学世界学术研讨会论文集》,文史哲出版社,1994年版;等等。

了诗，别无其他。我曾当面问蓉子："罗门最爱谁？"蓉子笑说："他最爱他自己，再来是诗，然后才是我。"我们三人相视哈哈大笑。

2016年，我分别与方明、刘迅等诗友去看望罗门三次。其中两次是到台大医院二楼精神病院看望他，一次是协同行动不便的蓉子前往。那次，两个坐轮椅的老人甚是开心，忽见佝偻的罗门从轮椅中站起，在长约30米、铁门紧锁的二楼长廊内来回高歌，为蓉子献唱意大利名曲"O solo mio"（哦，我的太阳）等，我与刘迅等见之，甚为欣喜与赞叹：真乃纯粹忘我的浪漫诗人。①

诗人罗门的基督教安息礼拜仪式于2017年2月18日下午2点在台北市汀州路中华福音神学院六楼礼拜堂举行。场地布置庄严隆重、清新典雅，布满紫白红等各色的桔梗花，花香淡雅。当日参加追思会的诗人作家亲友有：蓝星诗人余光中夫妇与女儿季珊，向明、张健、赵卫民教授等，以及张晓风、杨牧、张默、郑明娳、向阳、白灵、封德屏、古月、涂静怡、朵思、黄克全王学敏夫妇、许水富、洪淑苓、陈宁贵、雨弦、陈瑞山、龚华、陈文发、紫鹃、林锡嘉、彭正雄、周伯乃、林焕彰、黄敏裕、刘正伟等，以及文讯团队、教会志工、安养院友、罗门艺术界的亲友，都来送罗门、安慰蓉子，场面温馨感人。

安息礼拜由廖文源牧师主礼，雨弦、陈瑞山与余光中夫妇及女儿季珊等人都是从台南高雄风尘仆仆赶来。余光中夫妇更是不久前才晕倒受伤住院，远道而来，友情真挚。到"证道"、追思时，但见张晓风、余光中、蓉子等人红眼啜泣，友情至深至坚，让人动容。仪式进行中，余光中还以拄杖多次重重敲击地面，对同为蓝星诗人的罗门的不舍之情溢于言表。向明、张晓风等众人会后向蓉子慰问殷切，文友诗人间相濡以沫的情感深刻。

蓝星诗人余光中、张健并肩坐着，回顾他们年轻时的影片，余光中直说"影片放太快了，浮光掠影……""浮光掠影"四字一直冲击我的脑海，久久不去，让我对人生油然生起感慨。于是会场工作人员放慢影片播放速度，两位蓝星诗友可以慢慢回顾，更显温情。

远在北京的北京师范大学中国当代新诗研究中心主任谭五昌教授，也通过微信传来他的几句祝祷词，委我携至会场代为宣读，我也打印给蓉子存念，蓉子至为欣喜。我与诗人陈宁贵留至最后一刻才离开。蓉子谈及近况，直说不习惯罗门突然走了，留下她孤零零一人；所幸常有文友去看她，带给她很大安慰。我们看到蓉子释怀从容的神情，都放心许多。

2017年4月2日，罗门侄子等家人将他的骨灰迎请回海南故乡，安葬于

---

① 刘正伟：《罗门走了》，载《华文现代诗》，2017年第12期，第13~14页。

其故乡文昌地太村父母墓旁，满足他落叶归根的愿望。下葬当天，恰逢清明时节。罗门的几十位至亲悉数到场，罗门夫人蓉子与挚友周伟民、唐玲玲在挽联上写道："身处台湾思故里，永不消失的诗魂。"当地政府也派出代表向罗门敬献花圈。

（二）诗友评论

罗门走了，在加拿大的诗人痖弦透过友人说："所有诗人都会暂时离开诗，去做别的事，只有罗门终身守着诗，就凭这一点，罗门其他行径都值得原谅。"痖弦指的是罗门近乎疯狂地献身于诗，常常为一己之观点与诗人朋友争得面红耳赤，或者偶尔在会场散发他的诗作资料与成就，而不顾典礼现场秩序或节奏。痖弦指出，罗门完全投入生命中的一切、献身于诗的精神，是无人可以比拟的。

诗人罗青教授在《森林是风的镜子》中说："罗门除了'谋'诗歌艺术外，其他一概不谋。天真有如孩童，处世我行我素，说话直来直往，论事疾恶如仇，朋友即算全得罪光，也毫不在意，他只愿活在他自己的世界中。"又说："他最拿手的短诗如《麦坚利堡》《弹片·TRON 的断腿》《教堂》《卖花盆的老人》《伞》《全人类都在流浪》《咖啡厅》《车祸》《周末旅途事件》《"麦当劳"午餐时间》，批评家一再讨论，津津乐道，成为习诗入门者必读的经典。"[①] 罗门因其主观、率性与真诚可爱，有不少诗坛好友：余光中、杨牧、张健、张默、罗青、陈宁贵、许水富、陈大为、和权，以及华人世界的诸多诗人与诗评论家。

余光中曾赠蓝星诗友罗门诗作两首，情谊深厚。诗人杨牧在《罗门诗选》的推荐序中说："罗门之诗，以丰富的想象和准确的譬喻见称，感情澎湃，观察入微，其诗恰如其人，是当代文学真实诚挚的代表。"又称赞他："诗风坚实有力，意象畅朗，音响跌宕，自成一体，广受诗坛推崇，影响青年诗人甚巨。"[②] 论之准确，言之中肯，罗门的前卫现代诗与都市诗，影响了台湾许多年轻人，林耀德、陈大为等即是。诗人张健教授、张默、陈宁贵、林耀德、陈大为等都各有许多篇专文评论罗门的诗，论证恳切，实为知音。

菲律宾诗人和权写过两篇罗门诗作评论：《迷人的光芒：试论罗门的诗》《试论罗门的"周末旅途事件"》，两篇文章皆收入《门罗天下》一书。前篇评

---

① 罗青：《森林是风的镜子》，载《联合报》副刊，2017 年 2 月 12 日。
② 杨牧：《罗门诗选》，洪范书店，1984 年版，序第 2~4 页。

文赞誉："罗门在中国现代诗坛，无疑是风云人物。他创造了自己独特的声音，完成的每篇作品都有超卓的表现，而种种活泼的意象，被他大量地使用着，他的诗有澎湃激越的情绪，也有平稳的情感，不但引起海内外众多读者内心的共鸣，也使万千读者在细细品读他的诗作之过程中，产生快感与美感，同时获得启示。他被称为'重量级'的诗人，印证于他技艺上乘的作品，诚非过誉。"[1] 罗门与菲律宾诗人时相往来，曾获得菲律宾总统"马可仕金牌奖"与"大绶勋章"，诗艺自然有受肯定之处，和权所说"使万千读者在细细品读他的诗作之过程中，产生快感与美感，同时获得启示"，读过罗门诗作的读者颇为认同。

大陆文学评论家陈仲义在《罗门诗的艺术》中说："罗门他诗人的想象，穿越时空的能力，智性深度、灵视，乃至悟性都在一般诗人之上……罗门拥有自己的特技。他的灵视、想象力、诡谲的意象，以及近乎随心所欲的错位倒置手法，把现代诗推向更富于表现性的广阔天地，他的持久不衰的才情，连续的爆发力和后进，与洛夫、余光中堪称台湾诗坛上三大鼎足。"[2] 陈仲义教授将罗门提升到与洛夫、余光中并列的高度，就罗门诗创作与评论的开创性方面来说，并不为过。

北京师范大学谭五昌教授在《中国新诗三百首》序言中说，罗门与洛夫是五六十年代台湾现代主义诗潮中并驾齐驱的两员健将，他们的创作活力一直延贯至今。从整体程度上来看，罗门要比洛夫更具先锋色彩（罗门是整个台湾诗坛前卫意识最强的诗人）。罗门长期致力"都市"题材的创作并使其具备了自足的美学品格，丰富了中国现代诗的表现领域，增添了中国现代诗的丰富性。罗门、洛夫、余光中被并称为"台湾诗坛三巨柱"，也是因为他们三位诗人不仅创作成果丰硕，并且都有自己的创作风格，自我的色彩鲜明。其他许多学者也持这种看法。

二、罗门诗创作风格

罗门对诗的创作、探索数十年如一日，对于诗论的探讨，诗语言的求新求变，他都有着自己独到的见解，对创作的热情使他不断有新作呈现，从最早的诗集《曙光》[3]（收录1954—1958年的作品）到《第九日的底流》（收录

---

[1] 张汉良、郑明娳、蔡源煌、林耀德等：《门罗天下》，文史哲出版社，1991年版，第411页。
[2] 陈仲义：《罗门诗的艺术》，《诗探索》（第二辑），1995年。
[3] 罗门：《曙光》，蓝星诗社，1958年版。

1958—1961年的作品)、《死亡之塔》(收录1962—1967年的作品)、《隐形的椅子》(收录1968—1978年的作品)、《旷野》(收录1975—1979年的作品)、《日月的行踪》(收录1979—1983年的作品)、《整个世界停止呼吸在起跑线上》(收录1984—1988年的作品)等,都可以证明他是一位在创作上有着极大热情与执着的诗人。

罗门不仅是一位诗人,也是一位颇有建树的艺术评论与诗论家,不仅创建灯屋,还把诗歌创作与理论结合,在这两个领域都取得一定的成就,他出版过的诗论著作有《现代人的悲剧与现代人》《心灵访问记》《长期受着审判的人》《时空的回声》《诗眼看世界》等。这些诗论在某种程度上也反映了罗门的创作观。

《曙光》是罗门的第一本诗集,共收进39首诗作,表达了作者青年时代对于爱情、幻想、愿望,以及生命的过去、现在与未来的想法,是以热情支撑的、在辽阔的心灵世界里引发的一连串想象。一种近乎贝多芬奏鸣曲式的狂热,试图追索各式生命情感的面向,几乎主导着《曙光》发展的脉络,标志着作者在此阶段的创作精神,有偏于理想与热情的倾向,洋溢着青春的活力、生命的狂想,呈现着力与美,以及浪漫的色彩。

《曙光》一诗,是罗门献给爱妻蓉子的作品,其他如《四月的婚礼》《蜜月旅行日月潭》《给爱妻》等,都记述了诗人伉俪新婚与恩爱的生活。试看《曙光》:

> 注视维纳斯石膏像的脸
> 我刻画你的形象,
> ……
> 在梦里,一支金箭射开黎明的院门,
> 妳倚在天庭的白榕树下摇落光明于地上,
> 大自然因见妳而变换呼吸的旋律,
> 人间因妳来便都一一把窗门打开
> 我如无邪的孩童闯入妳开满百合的早晨花园[①]

诗人以《曙光》描述与爱妻相识的过程与憧憬,隐喻爱情的美好,如同曙

[①] 罗门:《曙光》,蓝星诗社,1958年版,第19~20页。罗门写给爱妻蓉子的诗不少,而《曙光》这首诗恰巧刊登在《蓝星周刊》第200期(1958年6月1日)纪念号上。

光一般带领他走出黑夜,在人生与新诗创作的道路上,指引他走向光明的一天(一生)。其他都市诗《城里的人》《三座城》《夜城的丧曲》等,以都市为题材,写的是人类思维处在工业文明中的矛盾与冲突,罗门与同时期的诗人吴望尧都是当时台湾著名的都市诗先驱。

《第九日的底流》是罗门的第二本诗集,收入三十首短诗与三首长诗。其作品的精神形态与《曙光》有着显著不同,它不再是单纯的美的想象与理想的展示,而是更深入向内心世界去探索。作者在《后记》中透露:

> 《第九日的底流》之出版,我年轻时代狂热的浪漫情感的红色火焰,也随着转变为稳定与冷静的蓝色;如果说《曙光》是代表作者向外不断发射的一种精神力量;则《第九日的底流》便是代表一种转回来不断地向内袭击的精神力量。
> ············
> 《第九日的底流》确已将我送到那艺术广大世界的海岸边,使我面临着这神秘的创作远景,内心感到一种从未有过的觉醒与惊异;它象是一美好的呈现,形成为我过去与未来艺术生命的分界线。①

如果说《曙光》的创作是罗门青春时期力与美的呈现,那《第九日的底流》所表现的,就是诗人对于内在心灵的省视与思考,和在生活与艺术上的探索与建构。该集可以三首长诗为代表:《第九日的底流》《麦坚利堡》《都市之死》。其中《麦坚利堡》探讨战争与荣誉、死亡与永恒的课题,至为深刻;《都市之死》以"都市你的墙/快要高过上帝的天国了"②为引子,刻画自然在都市扩张后的窘迫,以及人类灵魂在现代都市生活中的迷失与沦亡,一如行尸走肉;而《第九日的底流》以贝多芬第九交响曲为引子,试图以对此交响曲的喜好,描述这一阶段诗人对西洋各种哲学家的看法,以及对西方现代主义技法的尝试与实验:

> 每当我昏了头从哲学家们言论的赛马场走出
> 被买卖世俗与格言的人群包围

---

① 罗门:《曙光》,蓝星诗社,1958年版,第119页。
② 罗门:《曙光》,蓝星诗社,1958年版,第79页。

　　　　思想的多角镜总显不出路　　反照出满天混沌①

　　《第九日的底流》描述当时西方文艺思潮不断涌入对诗人的冲击与所造成的迷惘，一开始着实令诗人昏了头。对照诗集后所附近3万字的诗话诗论《现代人的悲剧精神与现代诗人》，实可看出作者此时急欲成长、吸收与突破，然所受的诸般影响，却是像思想的多棱镜般总显不出路，反照出混沌。混沌的是诗论与思想的组织，然而诗作却是成功的。

　　《死亡之塔》是罗门第三部诗集，收录1962—1967年的作品。他创作《死亡之塔》长诗，乃是因蓝星诗社领袖覃子豪的去世，引起了罗门对于死亡与永恒的深层思考。"当棺木铁锤与长钉挤入一个凄然的音响"点出我们都是站在死亡的塔上，等待死亡之神的降临，以及不朽。而不朽的正是藏诸名山之作，以及朗朗的名声。有一首诗更可以代表他此时的精进，即《流浪人》：

　　　　被海的辽阔整得好累的一条船在港里
　　　　他用灯拴自己的影子在咖啡桌的旁边
　　　　那是他随身带的一条动物
　　　　除了它　娜娜近得比什么都远

　　　　把酒喝成故乡的月色
　　　　空酒瓶望成一座荒岛
　　　　他带着随身带的那条动物
　　　　朝自己的鞋声走去
　　　　一颗星也在很远很远里
　　　　　　　　带着天空在走

　　　　明天　当第一扇百叶窗
　　　　　　　将太阳拉成一把梯子
　　　　他不知往上走　还是往下走②

　　《流浪人》仿佛是诗人当时自我心灵与人生遭遇的写照，第一段描述流浪

---

① 罗门：《曙光》，蓝星诗社，1958年版，第55页。
② 罗门：《罗门诗选》，洪范书店，1984年版，第93~94页。

人的疲惫与孤独,影子是他最亲近的朋友,酒女娜娜虽然耳鬓厮磨,然而精神上的认知与隔阂,却相距天涯。

第二段写酒后的状态,因孤寂而醉酒的状态。第三段叙述流浪人隔日酒醒,面对的仍是流浪的宿命,阳光从百叶窗射进室内,诗人将百叶窗想象成梯子,又将梯子想象成自己该抉择的路,而点出流浪人内心对道路方向的彷徨,点出他那一代诗人到台湾之初对前途的茫然。整首诗想象力丰富、语言精练、意象分明、刻画入骨,像微小说一般发人深省。

诗人罗青教授评论罗门:

> 从四十岁后写《流浪人》开始,他的诗艺日臻成熟,佳句佳篇,接连而出。我四十年前,曾为文赏析此诗,至今仍被认为是罗门诗中压卷作之一。罗门耗尽心力写就的长篇诗作,除了神采灿然的《第九日的底流》《死亡之塔》与《时空奏鸣曲——遥望广九铁路》小疵不掩大瑜外,其他如《都市之死》《隐形的椅子》《旷野》都稍嫌用力过度,流于涣散支离,不能一击中的。反倒是只有一百多行的《观海》,写来包罗万有畅快淋漓,尽得浪漫精神之极致,又能节奏一贯首尾呼应,宜乎被镌刻在他老家海南岛海滨巨石上,传诸后世。曹孟德是古今大诗人中最早写观海诗的,罗门此诗一出,几乎要关今后登临吟海之口。[①]

罗青教授本身是诗人也是评论家,他的评论乃知人之论,不偏不倚,可称公允。罗门的战争诗(或称反战诗)也是他重要的主题之一,尤其是他 1962 年写成的成名作《麦坚利堡》一诗,1966 年获菲律宾总统"马可仕金牌奖",1969 年又获菲律宾总统"大绶勋章",气势雄伟而低沉悲壮。

> 超过伟大的
> 是人类对伟大已感到茫然
>
> 战争坐在此哭谁
> 它的笑声　曾使七万个灵魂陷落在比睡眠还深的地带
>
> 太阳已冷　星月已冷　太平洋的浪被炮火煮开也都冷了

[①] 罗青:《森林是风的镜子》,载《联合报》副刊,2017 年 2 月 12 日。

史密斯　威廉斯　烟花节光荣伸不出手来接你们回家
你们的名字运回故乡　比入冬的海水还冷
在死亡的喧噪里　你们的无救　上帝的手呢

血已把伟大的纪念冲洗了出来
战争都哭了　伟大它为什么不笑
七万朵十字花　围成园　排成林　绕成百合的村
在风中不动　在雨里也不动
沉默给马尼拉海湾看　苍白给游客们的照相机看
史密斯　威廉斯　在死亡紊乱的镜面上　我只想知道
　　　　哪里是你们童幼时眼睛常去玩的地方
　　　　　　那地方藏有春日的录音带与彩色的幻灯片

麦坚利堡　鸟都不叫了　树叶也怕动
凡是声音都会使这里的静默受击出血
空间与空间绝缘　时间逃离钟表
这里比灰暗的天地线还少说话　永恒无声
美丽的无音房　死者的花园　活人的风景区
神来过　敬仰来过　汽车与都市也都来过
而史密斯　威廉斯　你们是不来也不去了
静止如取下摆心的表面　看不清岁月的脸
在日光的夜里　星灭的晚上
你们的盲睛不分季节地睡着
睡醒了一个死不透的世界
睡熟了麦坚利堡绿得格外忧郁的草场

死神将圣品挤满在嘶喊的大理石上
给升满的星条旗看　给不朽看　给云看
麦坚利堡是浪花已塑成碑林的陆上太平洋
一幅悲天泣地的大浮雕　挂入死亡最黑的背景
七万个故事焚毁于白色不安的颤栗
史密斯　威廉斯　当落日烧红满野芒果林于昏暮
神都将急急离去　星也落尽

你们是哪里也不去了
太平洋阴森的海底是没有门的①

　　罗门《麦坚利堡》原诗后面还有六百多字的两条附注，旨在说明他在1962年赴菲律宾观摩民航业务，来到马尼拉近郊的麦坚利堡（Fort Mckinly）参观而写成此诗。麦坚利堡是美国人为纪念第二次世界大战期间七万多美军在太平洋战区阵亡，而以七万多白色十字架上刻上死者姓名与出生地，整齐罗列而成的战争纪念公园。这首诗当时被国际桂冠诗人协会誉为近代伟大之作，世界诗人大会桂冠诗人 H 希儿读《麦坚利堡》诗后说："罗门的诗有将太平洋凝聚成一滴泪的那种力量。"②

　　张健教授曾对余光中、覃子豪、罗门三人几乎同时期写成的三首《麦坚利堡》诗进行比较，他将罗门《麦坚利堡》诗评为三人中最佳："罗门这首诗是气魄雄伟，表现杰出的。"又说："余光中那首诗较着重空间，罗门的则时空交融，覃诗似有以观念笼盖时空的倾向。罗门（诗）是真正地受到了灵魂的震颤……"③细观张健教授的整篇论文，举证翔实到位，评断至为公允。

　　评论罗门《麦坚利堡》一诗的专家学者非常多。罗门《麦坚利堡》的成功与普获好评，在于站在这些年轻的牺牲战士的角度，以最平常的名字，如史密斯、威廉斯，贯穿整个太平洋战争，从想念故乡的角度出发，控诉战争的恐怖与无情，整首诗结构严谨而不晦涩，旋律回环往复，节奏跌宕起伏，形式凝聚而不涣散，形成一首气势磅礴、哀而不伤的史诗，是难得的杰作。

三、结语

　　罗门的诗作从浪漫与想象出发，以战争与城市这两大主题最为人称道。战争诗使他获得菲律宾总统金奖的殊荣。罗门也以他诗人的敏锐，用预言家的眼光来呈现城市生活中人类心灵的苦闷，以及人们因都市文明冲击而产生的种种问题。因此林耀德曾说："罗门是中国现代诗人中经营都市意象迄今历时最久、

---

　　① 罗门：《麦坚利堡》，首刊《联合报》副刊，1962年10月29日。
　　② 周伟民、唐玲玲：《日月的双轨：罗门、蓉子创作世界评介》，文史哲出版社，1991年版，第46～55页。
　　③ 张健：《评三首麦坚利堡》，张汉良、郑明娳、蔡源煌、林耀德等：《门罗天下》，文史哲出版社，1991年版，第123～126页。

成就最丰硕的一位。"① 古继堂在《台湾新诗发展史》中曾以"城市诗国的发言人"赞誉他在城市诗方面长久经营的成就。

郑明娳则推崇罗门是"台湾最具思想家气质的前卫诗人"：

> 他深受西方各种现代主义思潮以及当代前卫艺术的影响，另一方面也掌握了东方人本主义文化的圆融与和平。他的诗语言以犀利、精确见称，意象惊人，诗思包容的层面既广且深，是中国知性诗派的代表性人物。②

罗门的诗风是阳刚、浑厚的，深受西方各种现代主义思潮以及当代前卫艺术的影响，对都市生活中的人类心灵与现代事物特别敏感；又常怀抱人文主义的理想，试图引领人们的心灵抵抗物质文明的潮流与冲击。他在50年代即和当代画家、艺术家交好，甚至参与艺术评论，因此其思想受艺术的交互影响，是多样性的，其诗作技巧及内涵丰富且多样。

诗如其人，罗门在创作艺术上企图建立人和世界的新关系，因此在作品中他常常制造出繁复的意象，以及节奏上的波澜变化，常常刻意营造深刻的内容。创新、实验与前卫，为他在诗坛与艺术的领域上赢得了一定的名声。

2008年罗门与笔者在台北市罗门的灯屋合影

---

① 林耀德：《罗门论》，师大书苑，1991年版，第64页。
② 郑明娳：《中国新诗1甲子》，载《自立晚报·自立副刊》，1986年6月14日，第10版。

▶ 纯粹的诗人——罗门现代诗创作论

罗门《第九日的底流》《曙光》封面

罗门（后左三）、蓉子（前右一）与蓝星诗友们（夏菁供图）

2013年纪弦追思会上罗门（前座右二）与文友合影

2017年罗门追思会上余光中（左）与张健背影

评蓝星诗人向明《水的回想》诗集

著名诗人向明曾任《蓝星诗刊》主编，台湾诗学季刊社长。1988年以《水的回想》诗集获中山文艺创作奖，1994年以《随身的纠缠》获得国家文艺奖等殊荣。诗人创作多从生活中摘取素材，文字上则力求干净利落。早期诗风以典雅浪漫居多；退伍前后笔锋渐转，多记生活情趣、家常小品，更多有讽喻时事、怀乡忧国之作。

个人的生活体验与经历，往往足以反映当时的社会状况或群体生活的共同经验。20世纪80年代，台湾社会处于改革与开放的冲突之中，混沌未明的态势令岛内的有识之士皆怀着既期待又怕受伤害的心情。本文将以同时期向明的创作《水的回想》为研究文本，探讨诗人在这一人生阶段的重大转折与考验，以及当时台湾意识形态的变迁与动荡局势对其心灵以及创作上的冲击与影响。

一、颠沛流离的生活

向明，本名董平，湖南长沙人，1928年6月4日诞生于湖南长沙臬后街天利亨剪刀店。他在童年时期亲历抗日战争，过着颠沛流离的生活。1949年随军来台，后一直在空军服务。诗人习诗缘起20世纪50年代参加"中华文艺函授学校诗歌班"，与赵一夫（赵玉明）、秦岳（秦贵修）、小民（刘长民）、麦穗（杨华康）、邱平、痖弦（王庆麟）、雪飞（孙建吾）、蓝云（刘炳彝）等人为第一期同学，师从覃子豪、纪弦、钟鼎文等著名诗人研习新诗，皆有所成，屹立现代诗坛超过半世纪，直至今日仍续领诗坛风骚。

向明曾任报纸编辑、《蓝星诗刊》主编，台湾诗学季刊社长。曾在1988年以《水的回想》①诗集获得中山文艺创作奖，于1994年以《随身的纠缠》②获得台湾文艺奖等殊荣。他多从生活中选取素材，文字上则力求干净利落。早期诗风典雅浪漫，退伍前后笔锋渐转，多有讽喻时事、怀乡忧国之作。

二、讽喻？诗生活？

何谓讽喻？讽喻是"用委婉的言语进行劝说"之意。明朝刘基《送张山长序》："余观诗人之有作也，大抵主于讽喻。盖欲使闻者有所感动而以兴其懿德。非徒为诵美也。"指的即是他观察到诗人的大部分作品是讽喻诗，大概是想使听闻者都有所感动而引发其趋于美善的道德观，因此诗并不只是为了诵读时的美感而已。刘勰《文心雕龙·比兴》："比显而兴隐哉？故比者，附也；兴者，起也。附理者，切类以指事；起情者，依微以拟议。起情，故兴体以立；附理，故比例以生。"又说："观夫兴之托喻，婉而成章，称名也小，取类也大。"首先指出"比兴"的意义："比"是比附、比喻，即明喻，比附事理的方式是用打比方来说明事理；"兴"是起兴，托物起兴，即隐喻，是依照含意隐微的事物来寄托意义，也就是用委婉曲折的譬喻来寄托讽喻。柳宗元在《杨评事文集后序》中言："作于圣，故曰经；述于人，故曰文。文有二道：辞令褒贬，本乎著述者也；导扬讽喻，本乎比兴者也。"说明诗文要有导正扬善以及讽喻的功能，要褒贬兼顾、讽谏相宜，才能起到应有的社会作用。白居易在《与元九书》中说："谓之讽喻诗，兼济之志也；谓之闲适诗，独善之义也。"讽喻诗就是借某一浅显的故事或事物，来说明一个比较重要的道理，进而达到规劝或讽谏的目的。

诗人向明是蓝星诗社的大将之一，素有"诗坛儒者"的雅号。早期创作风格明朗而浪漫，亦多有写实讽喻与怀乡忧国之作。此处笔者不用"讽刺"而用"讽喻"，实因向明诗作中一如其固有之形象，对社会问题与国家时事常怀忧国忧民之心，因而创作中讽喻有之，但讽刺之诗实在罕见。"讽"而有"刺"，容易伤人，常引起争端，非儒家仁者所愿见。"讽"而"喻"之，有讽而无刺，无嘲弄人之心（但作者常有自我解嘲之作），反而晓以大"喻"，读者会心一笑，当事者（或族群间）亦不易有被"讽刺"、被嘲笑之屈辱感，实含有儒家

---

① 向明：《水的回想》，九歌出版社，1988年版。
② 向明：《随身的纠缠》，尔雅出版社，1994年版。

圆融的皆大欢喜与有教（诗教）无类之精神。① 因而在向明诗中讽喻之诗有之，讽刺之作则不易见。

私生活等于诗生活吗？答案是不一定，因为一般人往往缺乏敏锐的感悟力或观察力，但是诗人或作家对周遭事物或日常生活的观察与体会，往往能巨细靡遗且能观察入微。一如诗人在后记中所说："振幅所及的，大到关心却又无奈的世事，小至一茎白发的怵目惊心，远至半个地球外不可思议的战争，近至眉睫边缘不停的纷纷扰扰，皆能入诗。"② 诗人的生活感触较一般人为深，在诗人的酝酿与提炼中，无事无物不可入诗，小如该诗集中的《洗脸》《出恭》等描写生活琐事的诗，大如描写两伊战争中的幼年兵的《上帝战士》等诗。在敏锐慧捷的诗人眼中，万事万物皆动人，皆上等素材也。

向明的诗作、诗想与关心的议题，为何在退伍前后才开始"解放"、才开始"大放异彩"呢？而且接连以《水的回想》《随身的纠缠》获奖。了解向明或与其有着相同时代背景的诗人们都知道，同时期诗人多出身行伍，在军队中，私生活是有限度的，思想活动亦如此。然而，了解向明的人大都也知道，有两件事无形中影响着向明创作初期的诗想与思路：一是诗人刚随军来台时，社会上各阶层与军队中充满肃杀的气氛，处于白色恐怖的阴影中，诗人道："常常在半夜里，寝室中的同胞会无缘无故地失踪。白色恐怖对外省同胞的影响与伤害，更胜于本地人。"二是诗人在马祖服役时，其诗歌班老师覃子豪寄了一些《蓝星（宜兰分版）》诗刊给他，嘱其代为寄售当地书报摊，以推广诗刊与现代诗。这差点成了杀头生意，原来诗刊中刊出了讽刺台湾当权者的诗作——诗人梅占魁的作品《动物素描》，还好当时的政工人员放他一马或刻意维护，令其赶紧销毁诗刊才未酿成大祸，否则今日我们可能早已损失一位重要的诗人。③

因此，向明在后来社会风气稍开放后，从诗集《青春的脸》开始，才敢尝试较多元的题材，这也是后来的评论家谓其"向晚愈明"，知其然而不知其所以然的原因，他已然成为当时政治事件影响下的惊弓之鸟。几十年蓄积的能量，随着诗人退伍后踏入社会，仿佛脱缰的野马、倾泻的洪水、爆发的火山

---

① 向明诗中显现的，笔者更愿意以同音不同义的"有叫无泪"或"有叫无累"来代替"有教无类"，因为此"有叫"的叫是讽喻、呐喊、呼号不平与不公不义之意。有叫（行动、呼号）而无泪，是泪已流干，无泪可流；有叫无累，是对社会现状的不满已经多到麻木之地步，已经不觉累了。

② 向明：《水的回想》，九歌出版社，1988年版，第176页。

③ 相关细节请参阅向明《诗文的翘楚》、梅占魁《自序》、刘正伟《为生存而呐喊》，参见刘正伟编：《梅占魁诗选》，文史哲出版社，2006年版，第1~11页。

般,"一发不可收拾"。有多严重呢?有诗为证。《生活六帖(三)》:"对付一只/犯嘀咕的水喉/我们只要略施手脚/便使它宁静了//然则,我们怎样使自己宁静呢/我们身上涌动着/千百万条/欲望的/蛆虫"。退伍后,心灵与思想上的解放与自由、时间上的悠闲,以及社会形式的变化,诗与诗想就如同此时诗人身上千百万条不安分的、涌动着的蛆虫,无时无刻不在蠕动啊!如何能宁静呢?只有提笔写出,才能稍稍获得片刻的宁静吧!

宋朝大诗人苏轼在《东坡题跋》下卷《书摩诘蓝田烟雨图》评论唐代王维的作品中指出:"味摩诘之诗,诗中有画;观摩诘之画,画中有诗。"称赞王维诗艺与画工的精巧与卓越。读完现代诗人向明《水的回想》诗集后,笔者亦有类似的感触,深觉其是个"诗中有生活,生活中有诗"的过着"诗人生活"的"生活诗人"。

三、回响——水的回想

《水的回想》由九歌出版社在1988年1月10日初版,旋即在2月10日再版,想必一出版即获得广大读者的好评、激赏与共鸣。同年,向明以此书获得中山文艺奖的肯定与殊荣。

就创作来说,伟大的题材写得不好,是一种灾难;卑微的题材处理妥善,则是精品。《水的回想》属于后者,多写生活中的琐事与所见所感,写人所不敢写,或不愿写,或没发现的题材。本文拟将这些诗归纳为四个方向[①],并举例讨论。

(一)生活情趣

关于生活情趣的诗作,在生活诗人的诗生活里,俯拾皆是、随处可见,而且不一定是常人认定的"正常"的生活情趣,亦有颠覆传统、饱含自我创见的"情趣诗",如《出恭》:

> 宽衣解带
> 把腋下的《反败为胜》翻至折页
> 好一场
> 正襟危坐的

[①] 《水的回响》的题材众多,除上述外还有关注国际形势、关心环保、关怀弱势群体等。

▶ 评蓝星诗人向明《水的回想》诗集

除旧
布新

艾柯卡的秘籍刚一露招
腹内一阵痉挛
挟泥沙以俱下的
竟有一首
彻夜都消化未了的
现
代
诗

　　整首诗分为两段，第一段描述一般人上厕所的习惯，大多会夹带书报杂志，以便充分利用时间阅读。虽是开场白，是对情境的描述，但是诗人在此预留伏笔——一语双关的"反败为胜"。在次段指明《反败为胜》的作者，即拯救美国两大汽车公司并使其转亏为盈的知名经营之神艾柯卡。反败为胜，亦是诗人的自我期许。"艾柯卡"的秘籍一露招（不就是诗人的自况吗），诗人的功夫一展现，对于另一些诗人发表的少数令人"消化不良"的晦涩现代诗以及自己酝酿的部分不良诗作，都靠着"排泄"的功能，去芜存精。这是生活上的"异想"，是特殊的生活情趣诗，也是一种自况。

　　向明的自况诗在《水的回想》中处处可见，这也是一种自我勉励或自我嘲讽，是一种多重讽喻的表现。例如《金》这首诗："稀有/岂止是比落日更夸张的/肤色，以及/为我浮沉的人心//难得的是/你们得发现我/自原始的岩层里/自众多的砂砾中"，这首诗表面上是描写黄金的稀有与珍贵，实际上却是自况诗——"你们得发现我/自原始的岩层里/自众多的砂砾中"，不是吗？我的佳作经过精雕细琢如同黄金般珍贵，然而读者们必须从世界上每年发表的众多参差不齐的诗作中发觉我的存在，产生共鸣，才能发觉我的珍贵、我如黄金般的光芒。

　　向明诗中常借由生活周遭的细微事物，借物寓意，展现其领悟体会与生活情趣，更经由许多自况诗、讽喻诗表达自我期许，或自我解嘲。再举一个例子——《水》：

只有一个方向

哪里不平
哪里就是方向

可以蒸发为
漂浮不定的云
可以凝结为
寒彻心骨的冰
就是不能捧在你的手里
我会在你绵密的指缝间
溜去

"水往低处流"是大自然千古不变的法则，宋代杨万里的诗《桂源铺》："万山不许一溪奔，拦得溪声日夜喧。到得前头山脚尽，堂堂溪水出前村。"诗中所说的是水自然的特性，也是有风骨的文人的际遇与表现。向明的《水》亦是如此，寓自己的风骨于诗中：我如水般可以蒸发、消失如云朵（富贵于我如浮云），可以凝结为寒彻你心骨的冰，让你有所领悟和警惕，但就是不能让你捧在手里，因为我会像水一般，从你的指缝间溜走——寓意清明如水的正直的我，不会因你的吹捧而失去自我，也不会因为一些利益的诱惑而受人掌控，我就像水一般清明廉洁。

这首自况诗也是讽喻诗，自我勉励，也勉励大家做人做事不贪不取、不忮不求的道理。这类寓意于事物中的诗，展现"向明"（光明面）、向善、向上精神的讽喻诗，在《水的回想》中俯拾即是，处处显现向明的生活情趣与"向明"精神。例如《学饮》："终于/悟出/清醒是一口直坠无阻的深井//惟/微醺/始可载浮载沉"。不是吗？人生何需太计较、太清醒，有时睁一只眼闭一只眼、得饶人处且饶人，不也是一种处世哲学吗？

（二）职场转换的冲击

向明于1984年退伍，正式结束四十多年军旅生涯，中年转业，进入社会职场，开启另一种全然未知的生涯，展开全新的生活。中国人大都有"安土重迁"的传统意识，对职业亦多有类似心态，一个习于四十多年规律、制式且处于封闭环境的职业军人，一旦进入复杂且快速变迁的社会、令人眼花的大千世界，将遇到巨大的冲击与影响。我们且从向明诗中看其如何调适与应对。先看刚退伍时的心境《旧军帽》：

无论怎么样摆置
都不如当年顶在头上
日曝雨淋合适的
一顶旧军帽
妻一横心
愤然扔进了储藏室

谁知道她是，立意
在保持这室内的整洁
还是
想把杀伐一生的我
都一起封存进去？

只是，室外的世界仍然在喧哗
胸口上的伤疤
变天就隐痛
在温室里成长的她
哪里会懂

  这首诗表现了诗人刚退伍时恋旧不舍的心情，乃借物托意，以旧军帽来展现。第一段诗人借由旧军帽的摆放位置问题，突显其刚退伍时坐立难安、手足无措的心境。一顶旧军帽在军人家庭是平凡无奇的，在一个平民家庭就显得有些突兀了。但是军旅四十多年的情感，岂是短时间即可轻易割舍的呢？这里作者突显的就是这种难以割舍的情感与复杂的恋旧心态。
  然而，太太的心态就不同了，或许洞穿了他刚退伍而坐立难安的心思，乃有"妻一横心/愤然扔进了储藏室"的诗句，借由将旧军帽扔进储藏室的动作，要诗人收拾起恋恋不舍的怀旧情感，要其封存军人一生戎马的心情，整理心境重新出发。但是诗人在第三段带出他不同的感受，诗人更担忧的是当时台湾社会喧嚣不停的各种运动，担忧的心情展露无遗，不因退伍而有所改变。这也是诗中所说的在温室成长生活的家庭主妇所不会了解与体悟的。
  革命军人经过严格的训练，对保卫家园的神圣使命有着自己的坚持，不因时间而改变。但是"廉颇老矣，尚能饭否？"前人的喟叹，道出多少年迈退伍老兵的心声。刚退伍的老兵诗人向明却用他拿手的诗创作来表达这种百感交集——《破军毯》：

> 那天下班后
> 满脸倦意的妻
> 向我扯起那张破军毯
> 毯子上新被熨斗灼伤的破洞
> 张着嘴
> 向我诉说
> 一生的荒唐
>
> 唉！我能回答什么呢？
> 一张军毯
> 没有毁于弹片
> 一顶军帽
> 无法昂首疆场
> 一个兵士
> 只能让岁月压伤

　　这首诗分为两段，只有平静的叙述而没有辛辣或激昂的语调，仿佛就是退伍老兵娓娓道来的回忆，语气平和而充满着无奈。军毯代表的就是过去患难与共的生死伙伴，亦即自己过去军旅生涯的影子。诗人借由老旧的军毯破了，张着嘴，仿佛诉说着一生艰辛坎坷的经历。只是军旅生涯为何是"一生的荒唐"呢？原来，在诗人看来，军人应该光荣地战死沙场，马革裹尸、为国捐躯才是"正常"的最高荣誉。拖着老迈的身躯默默离开军队，好像不在既定的"剧本"里。诗人因军人的身份地位愈来愈不受重视而渐感低落，甚至多了一份尴尬感。
　　第二段开头就先叹出这口气——"唉！我能回答什么呢？"当一张军毯没有毁于弹片却毁于岁月的灼伤（老旧而容易受损）时，仿佛就是"一个兵士／只能让岁月压伤"一般，说出了大部分退伍军人的无奈与感伤。借由破军毯，道出了军人以及退伍老兵的无奈感，可谓"老兵不死、只是逐渐凋零"呀。
　　然而，向明却很快收拾起退伍老兵的心态，积极步入社会职场，重新出发，勇敢面对新的挑战，快乐地展开了新生活。不信我们且看《生活六帖（一）》：

早晨出门时
妻走在我后面惊慌的说
你的发梢
酝酿着秋后苇花的变局

我说,哪有这种糗事
现正弹足粮丰
它们未经一战
怎可擅自
就把白旗挑出

这首诗是组诗《生活六帖》中的一首,只有短短的九行,却充满着年轻人青春洋溢的斗志,一扫前述刚退伍时复杂与老迈的心境。诗的第一段充满诗趣以及戏剧性——当时诗人五十多岁,想必白发已经开始酝酿,开始蠢蠢欲动,诗人却以惊慌的语气来表现太太的新发现,以秋后苇花白来代表头发白的意象,十分有趣。但是第二段却显现出诗人强烈的斗志,"哪有这种糗事""现正弹足粮丰"遣词造句巧妙,仿佛出自刚步入职场的青年口中一般,充满活力。而"它们未经一战/怎可擅自/就把白旗挑出"明指的是拟人化的头发,暗喻的却是自己跃跃欲试、充满斗志的心情啊!整首诗多军事用语,如"变局""弹足粮丰""未经一战""白旗"等,显现其军人的历练,特殊用语应用在现代诗的诗句上,是非常成功与创新的结合。

(三)乡愁

乡愁诗自古即有,离乡背井的来台诗人几乎都有怀乡的诗作,尤其是20世纪五六十年代的台湾,几乎与战斗诗并生共存。向明早期亦有乡愁诗,只是当初的乡愁诗比较"单纯",并不像这时期因着外部环境的变迁与两岸渐渐开放交流的政策,而有着稍微"复杂"而微妙的心境。如《吊篮植物》:

从前他们说
你是一株不用着地的
移植的藿草
不再思念故土

贪恋现成的营养和食料

现在他们却说
你是一株不愿着地的
寄居的藿草
只会缅怀昔日的家园
难于认同眼前的窝巢

你的枯槁能为你说什么呢
你委实不想说什么了吧
在这样的气温下
反正离乡背井的这么久
说什么也不好

《吊篮植物》一诗分为三段，以离开土地的吊篮植物隐喻离开故乡的游子，一如陈之藩的散文名作《失根的兰花》。只是陈之藩的《失根的兰花》代表的是离开故土漂洋过海到异域的游子，深得在海外奋斗的华人认同；向明的《吊篮植物》说的却是迫于战乱而离开故乡的移民，因着政治温度的起伏变迁，而有着复杂的感受。

前两段分别叙述别人的观点，第一段的叙述明显是初来台时，省外军民政治地位较高，第二行"不用"两字的用法，明显有羡慕与反讽的意味。第二段则是政治气候改变后的看法，第二行"不愿"两字体现了现实氛围的改变，用"他们"来表现反讽与些许的不满。但是谁能体会来台人士内心深处的委屈与感触呢？他们从来就不怀疑自己一生的忠贞与牺牲奉献，却仍得忍受质疑与闲言闲语，所以他说"在这样的气温下/反正离乡背井的这么久/说什么也不好"。离乡背井这么久了，在这样的大环境下，似乎说什么都不恰当，一切就都留给时间去证明，留给永恒去解说吧。他在《蒲公英》诗末自我解嘲："就知道自己/只是大地任何一角/最最微不足道的/一株蒲公英/曾经努力生活过，也有/小小的付出"。

随着两岸关系逐渐解冻，实施开放交流的政策，两岸人民也开始交流与通信。向明的诗《湘绣被面——寄细毛妹》即反映了这种刚开放交流时的特殊感受：

四只翩跹的紫燕
两丛吐蕊的花枝
就这样淡淡的几笔
便把你要对大哥说的话
密密绣在这块薄薄的绸幅上了

好耐读的一封家书呀
不着一字
折起来不过盈尺
一接就把一颗浮起的心沉了下去
一接就把四十年暌违的岁月捧住

迟疑久久，要不把封纸拆开
一拆，就怕滴血的心跳了出来
最是展开观看的刹那
一床宽大亮丽的绸质被面
一展就开放成一条花鸟夹道的路
仿佛一走上去就可回家

能这样很快回家就好
海隅虽美，终究是失土的浮根
久已呆滞的双目
真需放纵在家乡无垠的长空
只是，这绸幅上起伏的折纹
不正是世途的多舛
路的尽头仍然是海
海的面目，也仍
狰狞

（后记：日前细毛二妹自湖南老家辗转托人带来亲绣被面一幅，未附只字说明，有感而草作此诗寄之。）

湘绣是湖南传统手工艺品，因手工精细而闻名全国。向明是湖南长沙人，离开家乡时仍是懵懂少年，一别超过四十年，对故乡亲人的思念岂是"望眼欲穿"所能写尽。细毛二妹辗转送来的湘绣被面是一封耐读的无字家书，诗人一把接住，仿佛就接续了阔别四十年的亲情，仿佛就消融了宝岛与故乡的距离。可是接手的那一刹那，喜悦与期待的心情顿时沉了下来，一时的思绪离愁似幻似真，真是五味杂陈、百感交集！

　　第三段"迟疑久久，要不把封纸拆开／一拆，就怕滴血的心跳了出来"描述当看到包装着的湘绣时，竟心跳加速，因紧张而迟疑了，仿佛这一切都在梦中，令人难以置信，四十年来第一次与亲人之物如此贴近，睹物思亲啊！毕竟离家太久太久了，反而有着一种近乡情怯的感觉。然而，展开观看的刹那，宽大亮丽的绸质被面，"一展就开放成一条花鸟夹道的路／仿佛一走上去就可回家"。第一段的伏笔"紫燕"与"吐蕊的花枝"这时随着绸质被面的展开，就成了一条花鸟夹道的归乡路，仿佛一走上去就可衣锦还乡、荣归故里了。

　　第四段却理性地收束起情感，回归现实，感叹"能这样很快回家就好／海隅虽美，终究是失土的浮根／久已呆滞的双目／真需放纵在家乡无垠的长空"。惊觉"只是，这绸幅上起伏的折纹／不正是世途的多舛／路的尽头仍然是海／海的面目，也仍／狰狞"，海岛虽美，终究不是故乡啊！呆滞的双目是因已望眼欲穿、望乡成痴了。但觉绸幅上起伏的折痕，如同诡谲多变的时局、坎坷的归乡路。当时尚未开放返乡探亲，所以诗人说路的尽头仍然是海，无形的阻隔仍然像茫茫大海般，阻挡着诗人返乡的欲望。

（四）感时忧国

　　《水的回想》诗集中关怀的面向很广，其中有些是阅读报章杂志或者收看电视节目而产生的感触，例如关怀伊朗少年兵的《上帝战士》、关注国际形势的《晚餐时间》《困居》等。还有关心经济形势的《读报》：

　　　　梳洗既毕
　　　　层层剥开
　　　　被扭折成
　　　　重重心事的报纸

　　　　广告一眼带过
　　　　副刊照例留待
　　　　临睡前细品

> 只是
> 老花镜片刚一扶正
> 所有的铅字竟都齐声吼了起来
> 纾困
> 纾困
> 纾困

这首诗充满戏剧性。第一段预留伏笔，诗人下班后洗完澡，翻开报纸就像翻开了重重的心事。报纸新闻上充斥的都是公司面临危机或倒闭，到处都急需纾困贷款，因为诗人"老花镜片刚一扶正/所有的铅字竟都齐声吼了起来"。报纸一摊开，几乎所有的铅字都齐声"吼"了起来，只为了急需的纾困贷款。铅字都拟人化地吼了起来，用字传神到令人触目惊心，也令读者不得不关心与担心起当时的经济形势与相关政策了。

而关心社会形势的《风波》则是另一种讽喻诗：

> 写下几行痛责屠虎的诗
> 后院的鸡鸭们
> 竖冠鼓噪而至
>
> 是抗议不公平的对待
> 激情从涨红的脸上
> 血般的写出
> 还好
> 只需一小撮秕糠
> 便把那一干鸟嘴
> 全然
> 堵住

《风波》写的是因向明另一首诗《屠虎》所起的风波。《屠虎》刊于1984年11月18日的《商工日报》副刊，以诙谐的口吻描述当时动物保护法与观念尚未成形前，一些人宰杀野生动物进补的风气，逼真的讽喻笔法令人动容。二十多年后，笔者在参与"2006年桃园诗歌节"并聆听诗人赵天福当众以闽南语朗诵《屠虎》这首诗"……众说保护/我独屠虎/虎肉一斤八百/虎血一瓶两

77

千/虎骨五百一截/……"时,仍感觉亲临其境,可见这首诗的新鲜感与充满诗趣的笔法,历久弥新,令人喜爱而达到讽喻与提倡动物保护的目的。

《风波》这首诗刊登在六天后的《自立晚报》副刊,在当时的社会风气下,想必是屠虎风波或者《屠虎》这首诗引发的正反两方面反应与回响非常大,所以作者有感而发。他联想起许多居民因土地征收或者拆迁补偿,或者其他环保议题而组织的抗争示威游行等,不就是为了更多的补偿金吗?众人争得面红耳赤,却只是以一点蝇头小利即可打发,一如《风波》中"只需一小撮粃糠/便把那一干鸟嘴/全然/堵住"。此诗非常写实,明写屠虎风波,暗喻社会风气,其描写真是非常传神、贴切,令人赞赏。

四、结论

逆笔论文,虽然《水的回想》诗集佳作通篇、精品处处,但是有句谚语"鸭蛋密密也有缝",说的即是百密仍有一疏。笔者想吹毛求疵地提一笔,亦即《山中观日出》第三、四行诗句"众生此时已严肃如待产的处子/争睹一场公开的临盆奥秘",或许诗人快笔疏忽,或是另有所言,笔者未察。但是就字面句义研判,仍有可议之处:"处子"即守身未嫁的处女,然此诗中"处子"如何待产,又如何将临盆呢?

但是瑕不掩瑜,《水的回想》一出版即广受好评,获得了"中山文艺创作奖"的殊荣,诗集中的大部分作品受到麦穗、小民、张健、萧萧、白灵、莫渝、落蒂、李元洛、吴当等两岸数十位诗评家的好评。更有许多佳作收入各种年度诗选等,例如《生活六帖》《槛内之狮》《出恭》《洗脸》《读报》《上帝战士》《蝴蝶梦》《随风而去》等,可见其诗质之丰。

综观前论,向明《水的回想》中的诗写于退伍前后,当时的台湾社会处于改革与开放的冲突之中,混沌未明的态势令岛内的有识之士皆怀着既期待又怕受伤害的心情;这段时期诗人也正面临人生阶段的重大转折与考验——历经退伍、重新投入职场就业的心态转换与适应。值此心灵上饱受"内外交迫""内外煎熬"的时期,向明仍秉持其一贯温文尔雅的态度,自在地享受着"诗中有生活,生活中有诗"的"诗人生活",从容且成功地以讽喻的笔法描写自己周遭生活所见所闻所感与社会上的生活百态,深受好评与赞赏,实令人敬佩。

▶ 评蓝星诗人向明《水的回想》诗集

2007年笔者与向明夫妇在台北合影

诗少年
——白萩早期诗作研究

诗人白萩从覃子豪主编的《蓝星周刊》出发，走上诗歌创作道路。他是余光中、覃子豪、周梦蝶等诗人组成的蓝星诗社初期重要诗友，继而参加纪弦的现代派，后又加入创世纪诗社，最后参与笠诗社与诗刊的发起与主编，可说经历了第二次世界大战后台湾现代诗的重要演变过程，是台湾著名的现代诗人之一。

本文意在对白萩早期在蓝星诗刊发表与散佚的诗作，其得奖诗作、爱情诗"给洛利"系列，以及和诗友酬酢往来的赠答诗等，做一次廓清，以补充历来白萩研究之不足，为后来的研究者们提供参考。

一、诗少年与出版

2015年12月，由台中市文化局出资，小雅文创发行，诗人顾蕙倩执笔，讲述台湾著名现代诗人白萩诗与生活的传记《诗领空：典藏白萩的诗/生活》一书出版，这标志着白萩在台中的地位：台中的文化名人。这本书与随书附赠的光盘《阿火世界》，是台中市文化局的"典藏台中"计划之一。"典藏台中"是一个持续多年的计划，从多元的层面规划出版台中文化艺术领域成绩卓越的作家与前辈的相关作品，典藏台中人文记忆，其远见值得敬佩。

白萩（1937— ），本名何锦荣，台中市人。1955年毕业于台中商职，曾在台北、台中等地经营广告美术设计公司，曾寓居台南，现居高雄。白萩在17岁时开始接触新诗，先后在《蓝星》《现代诗》《创世纪》《笠》《南北笛》《新新文艺》等诗刊杂志大量发表诗作。白萩著有诗集《蛾之死》《风的蔷薇》《天空象征》《香颂》《诗广场》《观测意象》和诗论集《现代诗散论》，曾获吴三连文艺奖、荣后台湾诗奖、府城文学奖特殊贡献奖与台中市大墩文学奖文学贡献奖等殊荣。他曾任笠诗社（刊）发起人与主编，并曾担任台湾现代诗人协会理事长等职。

白萩最早从覃子豪主编的《蓝星周刊》出发，算是蓝星初期重要诗友，继而参加纪弦的现代派，后又加入创世纪诗社，最后参与笠诗社诗刊的发起与主编。从浪漫抒情到现代主义到超现实主义，最后到本土关怀的写实主义等各种流派的实验，他的创作与评论之经历，难能可贵。

张爱玲曾说："出名要趁早呀！来得太晚的话，快乐也不那么痛快。"不过，白萩虽然成名甚早，但从其早期诗作文字中看，他过得似乎并不快乐。虽然关于白萩的文评与论述甚多，却多局限于他的某几本诗集与评论，就连蔡哲仁的硕士学位论文《白萩的诗与诗论》，亦多有疏漏之处。这本是难以避免的，因为早期的诗人、读者的资料保存意识较缺乏，加上台湾多台风地震，致使早期史料保存不易。

因此，当笔者初步厘清早期蓝星诗社（1954—1971）的历史，几乎搜齐全部六种公开发行的诗刊，并完成《早期蓝星诗史》后，认为有必要对白萩早期在蓝星发表与散佚的诗作进行整理，以补充相关研究之不足，为研究者们提供参考。

二、蓝星时期白萩诗作概说

白萩家境原本不错，却因母亲久卧病榻而日渐窘迫，他读初二时，母亲去世，这对他的生活、经济与心灵造成重大影响，或许也是他沉浸写作、寻找心灵寄托与情绪出口的原因之一。当时他多利用省立台中图书馆、台中商职图书馆等藏书与报刊自学，积累了文字、文学知识。

现有的几本专论与访谈都说白萩在初中三年级即15岁时，开始尝试写新诗、散文，在台中《明声日报》副刊和学生园地发表，甚至开设散文专栏"紫色的花苑"，其作品量大到可结集成书。但是，笔者认为他的创作之路是从《蓝星周刊》开始的，高一时他经同学蔡淇津介绍，开始在《蓝星周刊》发表作品，也颇获主编覃子豪赏识，初期几乎每期都有作品刊登。发表就是鼓励，对他一生的诗创作之路助益颇大。白萩在早期蓝星诗刊发表作品的时期，可称为他的"蓝星时期"。

白萩在新诗创作道路上初试啼声与学习过程的起步阶段——蓝星时期，显得格外重要。本文将附带叙述白萩的夫人陈文理，同学蔡淇津、游晓洋，以及白萩用另一笔名"谢婉华"在蓝星时期发表的诗作。下表为蓝星时期白萩发表作品编目（加下划线者为论文，其余为诗作）。

表1 白萩在《蓝星周刊》发表作品目录

期数	日期	作品名称	主编
27	1954.12.16	悼	覃子豪
28	1954.12.23	帆影	覃子豪
29	1954.12.30	椰窗夜吟（静静的椰窗、夜雨、椰树和霜月）	覃子豪
30	1955.1.6	讴歌四章（我与星、飞蛾、历史、落叶）	覃子豪
31	1955.1.13	挽歌	覃子豪
32	1955.1.20	大海·生命	覃子豪
33	1955.1.27	花山	覃子豪
34	1955.2.3	水果摊前	覃子豪
35	1955.2.10	金鱼·又一章（金鱼、死灭的欲望）	覃子豪
36	1955.2.17	灯——给菉漪	覃子豪
37	1955.2.24	诗三首（数念珠、回忆、晚秋）	覃子豪
38	1955.3.3	我将焚毁你心中的旧罗马	覃子豪
39	1955.3.10	埋葬	覃子豪
40	1955.3.17	雾	覃子豪
41	1955.3.24	珍珠篇（蜘蛛、希望、黄昏、雕像）	覃子豪
42	1955.3.21（31）	海的构图（锚、岛、雨、贝壳、港夜）	覃子豪
43	1955.4.7	诗二首（寄D、静物）	覃子豪
44	1955.4.14	告别	覃子豪
46	1955.4.28	罗盘	覃子豪
48	1955.5.12	露在草上	覃子豪
50	1955.5.26	诗三首（蓝星、寻觅、离别）	覃子豪
51	1955.6.2	祈祷两章（五月之歌、影子）	覃子豪
52	1955.6.9	生日	覃子豪
53	1955.6.16	祝	覃子豪
54	1955.6.24	归来·外一章（归来、九行）	覃子豪
56	1955.7.7	远方	覃子豪
57	1955.7.14	归航曲	覃子豪
62	1955.8.18	蓝梦辑（小城、归去、夜窗）	覃子豪

续表1

期数	日期	作品名称	主编
64	1955.9.2	夜泊	覃子豪
65	1955.9.9	落日	覃子豪
66	1955.9.16	蓝梦辑（二）（禁果——给S、圆心）	覃子豪
67	1955.9.23	蓝梦辑（三）（纱轮、夜祷）	覃子豪
68	1955.9.30	诗二首（错误、幻灭）	覃子豪
70	1955.10.14	秋夜	覃子豪
74	1955.11.18	待战歌	覃子豪
76	1955.12.2	虹	覃子豪
78	1955.12.2	瀑布	覃子豪
81	1956.1.6	弥和之歌——庆罗晖兄和忆雯姊结婚而作	覃子豪
86	1956.2.10	遇	覃子豪
89	1956.3.2	囚鹰	覃子豪
91	1956.3.16	两弦琴（呈献、岛）	覃子豪
95	1956.4.13	友情的笺叶（给彭捷、给赵天仪、致林郊、寄向明、告金池、给蔡淇津、怀楚风、赠晓洋）	覃子豪
97	1956.4.27	三弦琴（夜海、落叶、海鸥）	覃子豪
99	1956.5.1	观仰	覃子豪
100	1956.5.18	隐藏的奥义：蓝星发刊百期纪念有感而作	覃子豪
104	1956.6.15	等待	覃子豪
106	1956.6.29	生辰自吟（感恩——给母亲、致生命的黑驴）	覃子豪
108	1956.7.13	愤怒篇（金丝雀、可悲的祭献、致石像）	覃子豪
111	1956.4.27	论诗的想象空间	覃子豪
112	1956.8.10	夜祷	覃子豪
123	1956.11.2	芦苇	覃子豪
132	1957.1.11	给洛利之一	覃子豪
133	1957.1.18	山与星·给洛利之三	覃子豪
134	1957.1.25	灯·给洛利之四	覃子豪
203	1958.6.20	爱的点数——给若子	余光中

表2　白萩在《蓝星（宜兰分版）》发表作品目录

期数	日期	作品名称	主编
1	1957.1	拾旧辑二首（永恒的怀念——献给母亲、诗集）	覃子豪
2	1957.2	灯与影·给洛利之二	覃子豪

表3　白萩在《蓝星诗选》发表作品目录

期数	日期	作品名称	主编
1（狮子星座号）	1957.8.20	给洛利诗（一、二、三、四、五）	覃子豪

表4　白萩在《蓝星季刊》发表作品目录

期数	日期	作品名称	主编
4	1962.11.15	抽象短论	覃子豪

从上面几个表中可看出，白萩在《蓝星周刊》共发表九十一首诗作和两篇论文；在《蓝星（宜兰分版）》发表三首诗作；在《蓝星诗选》发表五首诗作；在《蓝星季刊》发表一篇论文。因此，白萩在早期蓝星诗刊共发表九十九首诗作与三篇论文。除艾笛以外（艾笛以印度诗人泰戈尔《飞鸟集》中的短诗手法，创作了大部分为四行左右的"爱的礼赞"系列小诗），白萩是在蓝星诗刊发表作品最多的作者。

从上述表中可看出，白萩在蓝星时期诗作发表的刊物主编，除1958年6月20日《蓝星周刊》第203期的主编是余光中外，其余都是覃子豪。这是值得探究的，可能是诗风或编辑口味的契合，或许覃子豪爱才，也或许是巧合。

白萩在《蓝星周刊》上的首发诗作是1954年12月16日第27期的《悼》一诗，也就是《蓝星周刊》在该年6月17日创刊的半年后。从此，他频频在《蓝星周刊》上发表诗作，直到1957年1月25日第134期止，都算是在蓝星发表的高峰期。

而白萩在纪弦主编的《现代诗》上首发诗作是1955年2月春季号，即第9期，发表了《钟和雕像》《我与星》《铜像》《窗》《影子》《新年》《鱼市》七首，他在45期《现代诗》上总计也不过发表二十首诗。白萩在《创世纪》上首发的则是1955年6月第3期的《雕像》。由此可知，白萩在早期台湾三大现代诗刊发表作品是从《蓝星周刊》开始的，在《蓝星周刊》的发表数量也是最多的。

试看白萩在《蓝星周刊》第27期的首发诗作《悼》：

朋友，朋友，亲爱的朋友，
招魂的号角在你墓上死寂的空间响起，
凄凉的鸣声惊抖了周围离离的杂草；
但你另一个梦中的游历者呀，为何不归？

生命之舟覆没于风雨的海上；
诗笛被遗忘在死亡的黑谷；
着魔的雄心被时间之箭射落；
但它们都曾灿耀过，飞扬过……

朋友，朋友，亲爱的朋友，
招魂的号角在你墓上死寂的空间响起，
凄凉的鸣声惊抖了周围离离的杂草；
但你另一个梦中的游历者呀，为何不归？

一堆火，曾燃光窒息的炼狱；
一朵花，曾开向三月红艳的春天；
一串足迹，曾印于茫茫的雪地上；
而今，火息，花凋，足迹亦被埋没……

朋友，朋友，亲爱的朋友，
招魂的号角在你墓上死寂的空间响起，
凄凉的鸣声惊抖了周围离离的杂草；
但你另一个梦中的游历者呀，为何不归？

  白萩在《蓝星周刊》的首发诗《悼》，分为五段，共二十行，从篇章结构与形式特色来说，章节的安排与一、三、五段的重复，颇有《诗经》古典抒情与重章叠咏的特色，亦有些新月派的余韵。就主题与内容来说，诗中所言的朋友，是真有其人还是想象中的自悼自伤托梦言情，不可考。但就其主题修辞与结构，结合当时的现代诗发展情况，这首诗还算不错。
  白萩曾自述他有另一笔名"谢婉华"，当时他想追求台中女中的一名女学生，故取其同名想引起她的注意。白萩以笔名"谢婉华"发表在《蓝星周刊》

上的诗有：第 41 期的《布谷鸟》、第 48 期的《山中的清晨·外一章》(《山中的清晨》《椰树》)、第 49 期的《夜航》、第 50 期的《睡了的城市》、第 51 期的《朝音在呼唤》、第 54 期的《雨》等七首。加上前文表中所列，白萩在蓝星时期发表的诗作应为一百零六首。当时男诗人取用女性笔名的大有人在，如余光中就曾以"聂敏"为名在《蓝星诗页》发表作品。

试看"谢婉华"的首发诗《布谷鸟》：

有如丘比特箭镞的施虐
你又在我心灵的枝上，催我播种

囚在金笼的青鸟，已被他冷酷的霜雪冻僵
丰孕的种子亦已枯萎，而你却说：
"原野如海，阳光如酒"

有如丘比特箭镞的施虐
你又在我心灵的枝上，
催我播下痛苦的爱情的种子

该诗分为三段，共八行。人不轻狂枉少年，少年情怀总是诗，从诗的内容分析，白萩以欲追求的"谢婉华"为笔名，用布谷鸟催促播种的意象，欲打动芳心，播下爱情的种子。然而，女方似乎无意，因而被其"冷酷的霜雪冻僵"，诗人苦苦追求，爱神却"有如丘比特箭镞的施虐"，可见其方法是高招，结果是痛苦。行之于诗，可为其年少的爱情轶事，添一笔浪漫。

如前文所述，白萩在台中商职读高一时，经同学蔡淇津介绍，开始向《公论报》上的《蓝星周刊》投稿，而蔡淇津的确又比白萩更早在《蓝星周刊》发表作品，他在 1954 年 8 月 26 日的第 11 期就发表小诗《诗》《残灯》二首，从第 11 期到第 110 期在《蓝星周刊》共发表了五十三首作品。

白萩的另一个台中商职同学游晓洋，于 1957 年 1 月 11 日《蓝星周刊》第 132 期首发《出发》一诗，至第 207 期结束，也不过发表了十五首诗作而已。至于大白萩两岁的学长赵天仪，在《蓝星周刊》首发的是 1955 年 9 月 9 日第 65 期的《一封未寄的信》，到第 118 期为止共发表十首诗作，加上《蓝星（宜兰分版）》七首、《蓝星诗页》两首，赵天仪在早期蓝星诗刊共发表十九首诗作。

白萩的夫人陈文理女士虽与痖弦、向明、麦穗、蓝云、小民等人均是覃子豪中华文艺函授班第一期学生，但是她以本名以及"文理"为名发表在《蓝星周刊》上的诗作较少，仅有第 69 期的《小舟》、第 80 期的《无题》、第 81 期的《心声》、第 85 期的《黎明的前奏》、第 98 期的《给芳》五首而已。

试看陈文理在《蓝星周刊》的首发诗《小舟》：

> 海底有真珠，
> 天空里有星星。
> 我心的深处，
> 蕴藏着一颗童贞。
>
> 孤行的小舟，
> 彷徨在大海的雾里，
> 是停泊！或是前进！
>
> 浓雾重重的港，
> 弥漫着空虚，
> 小舟呀！如何辨认方向！

从陈文理的诗《小舟》，我们可以读出少女彷徨、空虚与寂寞的心，将自己比喻成一只孤行的小舟，"彷徨在大海的雾里"，不知如何辨别方向，其彷徨无助感，跃然纸上，情感单纯而质朴。

三、从白萩得奖谈起

白萩在《蓝星周刊》上发表作品不久，即被覃子豪推荐，以 1955 年 4 月 28 日第 46 期发表的《罗盘》一诗，获得"文艺协会诗人奖"。同获覃子豪推荐的还有小白萩一岁，本名胡云裳的林泠（1938—　）。林泠的《不系之舟》刊登在 1955 年 6 月 2 日第 51 期的《蓝星周刊》，不仅入选如张默编的《剪成碧玉叶层层——现代女诗人选集》等各种诗选，还与郑愁予的《错误》一同入选高中课本。

图 1 为刊在《现代诗》第 11 期封面的文艺协会诗人节新诗奖六位得主照片，最右下为当时的白萩，还是一副稚气未脱的中学生模样，与林泠一同成为"社会组"的 1955 年度诗人奖得主，相信覃子豪在推荐时可能也不知其实际年龄吧！由此可见他们两个的诗情与天分。

上右 孙家骏
上左 吹黑明
中右 林泠
中左 徐礦
下右 白萩
下左 彭捷

图 1　《现代诗》第 11 期（1955 年 8 月秋季号）封面上的六位得奖者

试看白萩《罗盘》第一段：

握一个宇宙，握一颗星，在这寂寞的海上
我们的船破浪前进，前进！像脱弓的流矢
穿过海鸥悲啼的死神的枭噪
穿过晨雾笼罩的茫茫的远方
前进啊，兄弟们，握一个宇宙，握一颗星
我们是海上新处女地的开拓者

全诗分为五段，每段六行，共三十行。《罗盘》一诗利用一行之内的停顿造成顿挫有力的节奏感，又以各行句式的重叠和变换来展现海洋的波涛汹涌，以及驾船前行的豪情，整首诗充满着年轻人的热情与对前途光明的愿景，颇具现代感。

20 世纪 50 年代，现代诗尚在萌芽的阶段，许多诗人仍为赋新词强说愁，而那个啼声初试的高中少年，却想"握一个宇宙，握一颗星，在这寂寞的海上"，要鼓舞"我们的船破浪前进，前进！像脱弓的流矢"，好大的口气与怀抱！矢志在生命的怒涛与风暴中前进，要做"海上新处女地的开拓者"，颇有初生牛犊不怕虎的架势。这首诗有一点战斗诗的氛围，却无战斗诗的文字修辞，不仅迎合时代气氛，也具有磅礴气势。学习中文不过七年的白萩，以纯熟精练的文字，受到诗坛瞩目，后成为台湾现代诗坛的重要诗人。

而慧眼独具的覃子豪，在《蓝星周刊》周年纪念文章中首次赞美白萩：

> 每首诗都有充实的内容，丰富的想象，独特的手法。他真是做到美国诗人佛洛斯特所谓："诗之最大目的，在使其每一首诗尽量互不相同。"他新鲜有力的诗句洋溢着他的才华，他是一个极有天才的诗人……尤以《罗盘》一诗，最能代表他的风格，其想象力之丰富，形象之生动，生命力的表现，是诗人中所少见的。

覃子豪在《蓝星周刊》周年纪念的这篇占据半个版面的纪念文章中，介绍了白萩、林泠、向明、罗门、黄荷生、罗晖、蔡淇津、一夫（赵玉明）、吴瀛涛等 15 位诗人。其中极力推崇白萩和林泠，更首次赞誉他俩为"天才诗人"。

李魁贤在《七面鸟的变奏——白萩论》中提及《罗盘》一诗的姊妹篇《待战歌》。《待战歌》刊登在《蓝星周刊》第 74 期（如图 2 所示），后被收入《中国诗选》，吊诡的是，该诗却未被收入白萩的诗集《蛾之死》中，或许是时过境迁，选诗人与作者自选时有着立场与心境的差异。

图 2 《待战歌》

李魁贤评《待战歌》说:"这样慷慨激昂的嘹亮歌声,充满了男性雄伟的野心与力量。"又说:"这种表现少年英姿焕发的诗篇,比起今日以历史材料填充于大量篇幅中却缺乏戏剧性与史诗格调的战歌,还要令人感动而引起共鸣。"诚然,"鞭锤呀,鞭锤,我们少年之剑/在愤怒的锤下,在嘶吼的浸盆"的确比《罗盘》一诗来得更慷慨热血,更澎湃激昂,且诗末尾附注了该诗的写作时间,想必是辛亥革命当时给他的启示或感怀。

四、"给洛利"诗系列探讨

白萩自言,爱情与政治是他诗中重要的两个部分,也自认年轻时很"风流",追过不少女孩子。白萩亦曾说:"我的文学生活是现实生活的纪录。"因此,虽然他的生活似乎多是抑郁的,但仍有浪漫热情的一面,从一系列"给洛利"诗,可见一斑。

表 5　"给洛利"诗系列参照表

《蛾之死》诗题	原发表诗题	原发表处
—	山与星·给洛利之三	《蓝星周刊》第 133 期（1957.1.18）
伞下·给洛利之一	伞下	《今日新诗》第 2 期（1957.2.1）
你仍然为我微笑·给洛利之二	给洛利之一	《蓝星周刊》第 132 期（1957.1.11）
灯与影·给洛利之三	灯与影·给洛利之二	《蓝星（宜兰分版）》第 2 期（1957.2）

续表5

《蛾之死》诗题	原发表诗题	原发表处
灯·给洛利之四	灯·给洛利之四	《蓝星周刊》第134期 （1957.1.25）
我开始无端的哭泣·给洛利之五	我开始无端的哭泣	《今日新诗》第3期 （1957.3.1）
让我永远望着你·给洛利之六	给洛利诗 一	《蓝星诗选》第1期 狮子星座号 （1957.8.20）
黄昏是如此地空旷·给洛利之七	给洛利诗 二	《蓝星诗选》第1期 狮子星座号 （1957.8.20）
峰顶·给洛利之八	给洛利诗 三	《蓝星诗选》第1期 狮子星座号 （1957.8.20）
唉，又是多雨的春天·给洛利之九	给洛利诗 四	《蓝星诗选》第1期 狮子星座号 （1957.8.20）
种子·给洛利之十	给洛利诗 五	《蓝星诗选》第1期 狮子星座号 （1957.8.20）

白萩诗集《蛾之死》定本四十五首诗中，"给洛利"系列联作从《伞下》到《种子》共有十首。但从上表看，除刊在《今日新诗》的两首原刊安排的系列编号不明外，其余都发表在蓝星刊物上。而且，还多了一首《山与星·给洛利之三》：

  秋风吹过，闪闪的，我们有了远古的记忆……

  虽然是第一夜，揭开了遮云
  我想那该是一段被遗忘的神话
  记否？当山巅的普罗米修士
  在兀鹰的狂啸中，傲立的增高了山的尺标
  而你就是他撒落的一缕不熄的光辉？

  千古的埋葬，在循环的历史中清醒
  我需重拾英雄的伟梦，撷集这散落的遗恨
  在夜的阵前，高举怒火……

白萩《山与星·给洛利之三》一诗分为三段，共九行，这首没有收入其诗集，不知是遗漏，还是有不收入的原因。或许是写的情诗太多了，以至于《蛾之死》内许多"给洛利"诗与发表时的顺序编号都乱了。这首诗用了悲剧人物——盗火者普罗米修斯的典故。而白萩为何用这个典故呢？应该是为了表现爱恋的痛苦吧，"而你就是他撒落的一缕不熄的光辉"，对象是耀眼的，而自己是热情、热血的，想要表达炽热的赤诚。然而，获得的回应可能不尽如人意，"我需重拾英雄的伟梦，撷集这散落的遗恨/在夜的阵前，高举怒火……"因此，山与星的距离是遥远的隐喻，诗人仍要重拾英雄的伟梦，撷集这散落的遗恨，继续前进、继续努力追求，可谓有不屈不挠的精神。

"给洛利"诗系列是否只有《蛾之死》内的这十首，仍有待继续考证。但是这十首"给洛利"诗，多获好评，例如李魁贤说："给洛利诗的十首联作里，诗人以细腻的笔调讴歌着爱情。"赵天仪说："这组十首情诗，充分表现他对爱情的执着，他的情诗除了爱的倾诉外，有闪烁的意象加以烘托。"白萩说："青年的诗表现爱的企求。"他在《雁的飞行——诗人白萩访问记》中说："写《蛾之死》的阶段虽然语言、技巧不是非常熟练，但它代表了我年轻时代感情苦闷交织的作品。"

因此，白萩重组"给洛利"诗的顺序，编入《蛾之死》，应该有其一定的心境与脉络可循。《蛾之死》中的"给洛利"诗依序是《伞下》《你仍然为我微笑》《灯与影》《灯》《我开始无端的哭泣》《让我永远望着你》《黄昏是如此地空旷》《峰顶》《唉，又是多雨的春天》《种子》。

《伞下》一诗分为五段，共十三行，有些段落行数较多，例如首段："风雨大了。洛利，别怕，/在一个伞下，我们永远联系。/像一朵花，掩遮着两枚嫩叶。"但是次段："紧紧拥抱着吧，/生命的根枝啊，用信念的叶蒂。"仿佛是恋情追求的初始，饱含热切的期盼，似乎一切都充满希望。

从《你仍然为我微笑》《灯与影》到《灯》，似乎是恋情的试探与磨合期，如《灯》末段：

> 而留给我的是一份旅人的寂寞，在这里
> 一线光辉从我脚下的路照起
> 直到你那远远栖止的末端
> 为我照耀，为我燃烧，为一个欣赏者
> 你就等待拥抱，当飞蛾向光焰中觅求安息……

从诗中看来，爱恋似乎并不顺利，如果爱是苦闷的飞蛾扑火，寻求"安息",或许只是诗人一个人的企求罢了。从诗中我们可以读到诗人心境的转变与企盼。从《我开始无端的哭泣》《让我永远望着你》《黄昏是如此地空旷》《峰顶》到《唉,又是多雨的春天》,诗中心境的转折颇大,如《峰顶》末段:"傍着曙光,你是一朵入梦的堇花/在峰顶。何需理会那偶然的阴影/把头扭过,又背我偷偷地哭泣?"从"我开始无端的哭泣",所遇到的阻碍与阴影无法想象,才会不时"背我偷偷地哭泣",最后哀叹"又是多雨的春天",诗中隐喻不言自明。

《蛾之死》"给洛利"诗系列最后一首是《种子》,试看其末段:

我感觉那痛楚,深入又深入的痛楚
我感觉那舒适,荫覆的舒适
然而,爱啊,我喜悦这生长的一切
你使我感觉存在,有着梦和期望的存在

种子代表的是生命的期待与新生的希望,《种子》一诗首行"选择在这里生长,在我心里",你在我心里埋藏的种子,编织的梦与结局,不会因为爱情的结束而结束,会在我的心里随着时间持续茁壮成长。我想这就是年少时的初恋,或者是纯纯的爱所带来的魅力与成长经验吧!

"给洛利"诗系列是不是白萩给其夫人陈文理女士的情诗呢?也可能另有其人。但陈文理是覃子豪当中华文艺函授学校新诗班主任时第一期的学生,可能比白萩还早习诗,相信仍有习作刊于《中华文艺》等杂志。住在台中的白萩与住在台南的陈文理,或许通过《蓝星周刊》而交往,一定有非常多鱼雁往返、浪漫追求的故事,无论如何,都是值得挖掘的。爱情在人生当中何其可贵,应留下了许多美好的回忆。

五、赠答诗探讨

赠答是自古即有的题材,赠答诗常以真挚的感情、隽永的意味,来表达对朋友的关怀之情,促进人际交流,文士们常有此类作品。

蓝星时期的白萩,在《蓝星周刊》发表作品,也认识不少志同道合的诗友,如同学蔡淇津与游晓洋,学长赵天仪,以及《蓝星周刊》的作者群。他们酬酢往来,写了不少赠答诗。

经笔者统计,白萩在蓝星刊物发表的赠答诗,加上前述"给洛利"诗系列，共有二十三首。从白萩总共发表九十九首诗作的比例来算，赠答诗约占四分之一，实为可观。

在此挑出白萩此时期的几首具有代表意义的赠答诗，并分析其内涵，例如《灯——给菉漪》：

> 燃着青焰的油灯呀，你的火舌
> 在风里跳着诱惑的舞姿，狂烈而迷醉
> 而我老是用一对美丽的翅膀飞翔的
> 一只盲目的爱情的小飞蛾
>
> 把这扑捉感情已久的倦怠的躯体
> 和镀着三年美梦的飞扬的翅献给你吧
> 灯啊，即使那无情的火焰烧焦了我的生命
> 和躺在你脚下的灰烬了的蓝色的梦
> 但我愉悦这暴烈的痛苦
> 愿疯狂于青春之火上的痛苦
> 胜于那保持一段距离，烦恼的缭绕的忍受
>
> 我的生命呀，为这短暂的燃烧而安息吧
> 即使这是痛苦，但如果少了这个的话
> 那你将平凡，垂挂的葡萄永不成熟

这首诗，应该是其在《蓝星周刊》最早发表的一首赠答诗，当时诗人读高二。这一首应该是写给名叫"菉漪"的女生的情诗，诗中首两行即写道"燃着青焰的油灯呀，你的火舌/在风里跳着诱惑的舞姿"，以传神的比喻来形容这个青春美丽的女生，使诗人狂烈而迷醉，"酒不醉人人自醉"，或许情人眼里出西施吧。而他却是"一只盲目的爱情的小飞蛾"，以飞蛾扑火的意象来比拟自己热烈的追求。第二段更极尽描绘之能事，"即使那无情的火焰烧焦了我的生命"，化为灰烬亦在所不惜。第三段则稍收敛情感，"即使这是痛苦"的，我也要如飞蛾扑火般去爱，去燃烧。白萩这首诗意象分明、情感澎湃而诗质凝练，现在看来仍可称为佳构，谁会想到是出自一个中学生之手？

《禁果——给S》，诗题引人注目，S想必是女生的代名：

命运的道路是一条诱惑的蛇，你知道
而我是偶然走过的渴者

宇宙的跑马场
孤独的让我□□太阳奔驰……
追问一片胸骨的去踪
上帝举起闪电的手臂
遥指高原上一遍的禁果

命运的道路是一条诱惑的蛇，你知道
而我是偶然向你走过的渴者

这首诗以亚当和夏娃在伊甸园被蛇诱惑而偷尝禁果的典故写就，白萩以暗示的手法写道"上帝举起闪电的手臂/遥指高原上一遍的禁果"，暗示禁果（对象）很多，淡然地写下"而我是偶然向你走过的渴者"，充满随缘的意思，意思是你要就来交往。充满才情与知识的白萩，以浪漫的手法与典故，在高中时写下这首情诗，展现了其早熟的诗情与才华。

白萩在《蓝星周刊》第95期还以"友情的笺叶"为名发表了《给彭捷》《给赵天仪》《致林郊》《寄向明》《告金池》《给蔡淇津》《怀楚风》《赠晓洋》八首诗，所寄八人都是当时常在《蓝星周刊》发表作品的诗友。从这些诗中可看到他们情感的流动，例如《给赵天仪》：

世俗像一片黑色的森林
你是提着绿灯的流萤

卑视晚钟声里沙沙哭泣的落叶
蛰伏着，默数时间的空隙，不是冬眠

啊，当夜空的紫星尚未投射一份微笑
你说：让我俩骑杨唤留下的童话的白马

赵天仪是白萩的学长，曾同是代表学校的书法选手，他们当时住得很近，也一直维持着很好的友谊。这首诗只有三段六行。当时的赠答诗，大部分是纯友谊的流动，多谈及彼此的诗作或当时的情境，单纯而美好。赵天仪曾任台湾省儿童文学协会理事长，积极推动儿童文学的创作和交流，从白萩这首诗中约略可以看出当时赵天仪是喜欢童话的。

而赵天仪在三期后的《蓝星周刊》亦发表《复白萩》一诗回赠：

  白马尚未骑稳
  别挥舞你催赶的鞭子
  当马跳跃，仰天嘶鸣
  啊，危险，我不曾把它驯服

  让你先骑罢，配着你的少年之剑
  带着你的笔和笛
  去开拓理想的儿童的诗园
  去寻觅你隐藏的恋

  青鸟的翅膀已逐渐地丰盈
  伊甸园的禁果已逐渐地鲜红
  莫踌躇，吹起你的诗笛
  豪迈地，奏一支西班牙风的森林小夜曲

  骑罢，白萩，带着你的笔和笛
  配着你的少年之剑
  夜来的风雨声中
  我将谛听你出发的蹄声得得……

这首诗后来收入赵天仪的诗集《果园的造访》，该诗集收录了其中学到大学时的创作，有初恋的纯情及童话的想象与憧憬。这首诗是以《给赵天仪》一诗中所提的白马意象起始。诗中的"少年之剑"不正是白萩《待战歌》里"鞭锤呀，鞭锤，我们少年之剑"的意象吗？笛、笔、恋，也是白萩当时所追求的。因此，赵天仪诗中的"骑罢，白萩，带着你的笔和笛"，大有诗路上你先奔跑的意涵与期许。

再看白萩《寄向明》《给蔡淇津》《赠晓洋》三首短诗：

不希冀花的百彩，你透明的"檐滴"啊
我再听不见"瀑布"的激奋，"碎石"的坚贞

傲立于黎明前端的一片顽强的云彩
怎么也急于高饮朝阳的艳红？

雕圆那一份峥嵘的音乐，像晶莹的朝露
自能用透明析出阳光的七彩……
　　　　　　　　　　——《寄向明》

不断地喷射的是你诗的动脉。如喷泉
在湖面的绿镜打起一把银伞
向月光索取物体的影子

唉，单纯的形象是麻痹感官的鸩酒
透过感觉交错的夜森林
请向叶隙间的一颗星仰首低唱……
　　　　　　　　　　——《给蔡淇津》

自远方腾起的旋风像一枝顶天的黑柱
你却误以为荒野偶然飘起的烟

先让朝阳把海织成葡萄色的绒毡
乳鸥呀，然后入梦孕育与风雨飞博的雄心
　　　　　　　　　　——《赠晓洋》

　　他们几人因在《蓝星周刊》上互相读彼此的诗而熟稔，如《寄向明》就以其诗题形象回应向明诗中意象与对其的印象。《给蔡淇津》《赠晓洋》两首诗，则有更多内心情感的流动与彼此鼓舞打气的意味。而艾笛（张作丞）也在《蓝星周刊》第105期发表了一首《致白萩》：

你是星群中闪亮的一颗，我躲在闪亮里
星与星往往是不相识的，

> 不为你的亮度投以妒嫉之眼，
> 因惯于自己的寂寞……

艾笛在该诗中推崇白萩"你是星群中闪亮的一颗"，可见当时白萩的诗在《蓝星周刊》诗友心目中的地位是闪亮的。他们往往没见过面、不相识，而多通过写信或刊登的诗而认识。当时的诗人多由模仿出发，"不为你的亮度投以妒嫉之眼"，不会计较名利，反而是互相激励鼓舞。在通信不发达、物质匮乏的时代，人们的心灵虽然孤独寂寞，却也因文学而充实。而在以纸笔书写的年代，赠答诗更能记录与彰显这些可贵的友情。

六、结语

白萩早期的作品重视语言与技巧，富有个人主义情调和浪漫色彩，兼具现代主义的冷凝、理性的实验精神，以及写实主义的批判现实、观照人生的精神。而爱情和政治，一直是他诗中重要的两大主题。

白萩说："已存在的美，对于尚未诞生的美是一种绝大的压力与考验。如果不能超越与打破此种束缚，则新的美将无法出现。"也就是说要不断打破自己的过去，不断超越自我。

商禽谈白萩时说："中年一代的诗人有独特的生活经验，其中包含了诗人自己忍不住的生命，这是无法模仿的。生命是无法模仿的！"洛夫也说，一个好诗人，除了普遍性之外，一定还要有他的特殊性，他举出白萩诗风的几个特点：

> 一、是智慧、思想的诗。但白萩一开始就以智慧和思想来写诗；他用思想来控制语言的运作，几乎看不出年轻人的浪漫抒情，可以说他的诗是很知性的，也可以说是很冷酷的。但这并不表示他没有热情，只是往往把热情尽量地冷却、凝固，提升成一种主观意念。二、是戏剧性的矛盾情景。对于人生存在的卑微、现实的讽刺，白萩通常采取戏剧性的手法来表现。三、是诗与现实。白萩是一个现实主义的诗人，但不是社会写实诗人；他的诗不是只写社会现象，而是要掌握现实后面的真相。[1]

---

[1] 林亨泰、蔡珠儿：《白萩诗集〈诗广场〉讨论会纪实》，载《现代诗》，1983年12月复刊号第7期。

白萩是自觉型的诗人，也是智慧型的诗人。他的知识与智慧是从小在阅读中积累的，他的知性与冷凝源于幼时生活中的困顿与苦闷。"生命是无法模仿的"，但是创作可以从模仿出发而加以超越；生活的困顿与生命的苦闷无法选择，却也可以用文学与创作超越。一切都源于人心的自觉。

　　诗作持续发表与得奖的鼓舞，与诗友的相濡以沫、良性竞合之情，对白萩习诗起步时期，着实有莫大的助力与鼓舞。苦闷的心情、炽热的情感、诗情之充沛、想象力之丰富与创作力之旺盛，交织杂糅，共同构成了白萩现代诗创作的起步时期。

下篇 其他现代诗人及作品评论

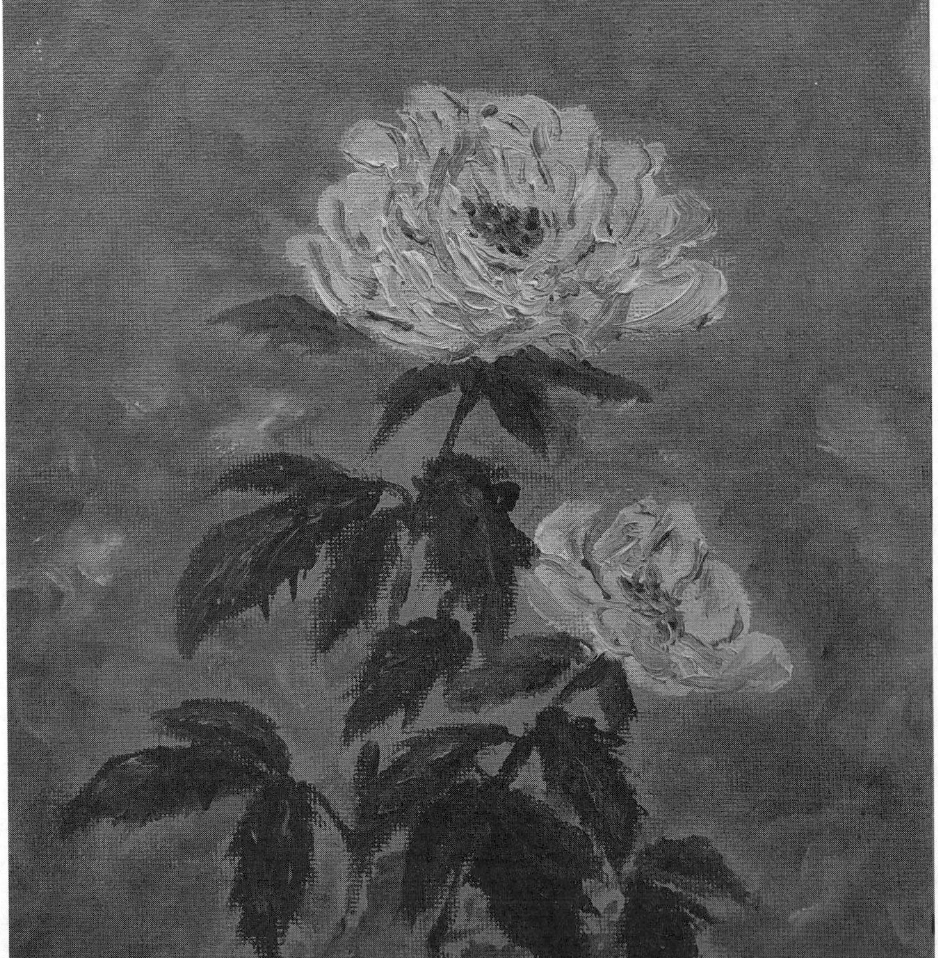

望乡

——台湾"60后"诗人的乡愁主题

乡愁，是中国文学自古以来的重要主题之一。自余光中以降，台湾现代乡愁诗创作者以大陆来台诗人为主，坊间新诗或论文也几乎以此为主。笔者以为，不论在地诗人乃至中生代诗人，也不论其籍贯，定皆有其特殊的乡愁想象。本文主要探讨台湾"60后"（1960—1969年出生）诗人在新诗创作中呈现的乡愁主题与想象，从"土地故乡的乡愁""文化想象的乡愁""时空变迁的乡愁"三个方面，探讨台湾"60后"诗人诗中乡愁主题的各种表现。

一、乡愁与主题学

著名诗人、学者陈鹏翔在《主题学研究与中国文学》中有言：

> 主题学是比较文学中的一部门（a field of study），而普通一般主题研究（thematic studies）则是任何文学作品许多层面中一个层面的研究；主题学探索的是相同主题（包含套语、意象和母题等）在不同时代以及不同的作家手中的处理，据以了解时代的特征和作家的"用意意图"（intention），而一般的主题研究探讨的是个别主题的呈现。……主题学应侧重在母题（motif）的研究，而普通主题研究要探索的是作家的理念或意图的表现。①

本文不以主题学而以主题研究为旨，对照陈鹏翔的说法，有异曲同工之

---

① 参见陈鹏翔：《主题学研究与中国文学》，《主题学理论与实践》，万卷楼出版公司，2001年版，第238~239页。又谓："主题学主要集中对个别主题、母题，尤其是神话（广义）人物主题作追溯探源的工作，并对不同时代作家如何利用同一个主题或母题来抒发积愫以及反映时代做深入的探讨。"（第231页）

妙，目的即在以普通主题研究，来探索作家乡愁主题的理念或意图表现。台湾"60后"诗人，如以出生年来区分，大致如下：

1960——王广仁、栞川（洪嘉君）、曾美玲、游元弘、欧阳柏燕、阿钝（林康民、迟钝）。

1961——瓦历斯·诺干、江文瑜、李宗伦、沙笛（汪仁玠）、陈克华、费启宇、蔡富澧、翁翁（翁国钧）、阿廖、叶子鸟。

1962——林燿德、奎泽石头（石计生）、洪淑苓、徐望云（徐嘉铭）、曾淑美、赖贤宗、谢昭华（谢春福）、若尔·诺尔。

1963——也驼（张嘉骅）、白家华、安克强、辛金顺、张善颖、张信吉（吉也）、庄云惠、陈去非（陈朝松）、陈斐雯、杨维晨、黄靖雅、路痕（李茂坤）、杨小滨、罗任玲、刘金雄。

1964——王志埕、丘缓（陈秋环）、田运良、吴锡和、张芳慈、鸿鸿（严鸿亚）、刘三变（刘清辉）、苏善。

1965——李进文、黑芽、陈晨（陈明进）、顾蕙倩、罗叶（罗元辅）、谢建平。

1966——方群（林于弘）、许悔之（许有吉）、须文蔚、严忠政、庄源镇。

1967——丁旭辉、冰夕、王诏观、林则良、吴士宏、骆以军、刘正伟、庄元生。

1968——纪小样（纪明宗）、李宗荣、唐捐（刘正忠）、陈谦（陈文成）、紫鹃、颜艾琳。

1969——方文山、林群盛、芸朵（李翠瑛）、陈大为、刘叔慧、张继琳。[1]

上述诗人多数于20世纪80年代开始活跃于诗坛，创办或参与多种诗刊诗社，即杨宗翰所言："一直羡慕60诗人的整齐笔阵、壮盛军容。"[2] 上述诗人中，除紫鹃等少数几位尚未出版诗集外，至少都曾出版一本诗集，并在当代诗坛与学界各有千秋，阵容不可小觑。

我国自古就是爱诗的国度，《诗经》《楚辞》中多有表现乡愁的诗作，只是

---

[1] 参见颜艾琳、潘洗尘：《生于60年代两岸诗选》，文讯杂志社，2013年版；《乾坤诗刊》第67期"1960世代诗人展"，2013年7月，第102~117页。杨小滨、辛金顺、陈大为等人，虽非本地籍，然他们或在台留学，或工作羁留等，长期居住在台，因此在台创作、生活、研究期间，仍应归纳为台湾诗人。许多不能确定生辰年的"60后"诗人暂且不表。

[2] 参见杨宗翰：《阅读"六〇八〇"，想象"七〇九〇"》，颜艾琳、潘洗尘：《生于60年代两岸诗选》，文讯杂志社，2013年版，第201页。

古时并未归纳强调为乡愁主题诗,而多称行役诗、怀乡诗或边塞诗等。[1] 王立将怀乡纳为中国文学十大主题之一:"乡情本身及主题系统特有的美感包容力,使得诸如离别、相思、失意、怀古、思古等人生丰富复杂的勃郁之忧,都可以融入思乡情怀中吐露。"[2] 王立认为思乡主题拓展了中国文学的表情层次。

乡愁,简言之为思乡的愁绪,词典的解释为:因思念故乡而引起的愁绪。乡愁,英文一般译为 nostalgia,有两种意义:一为怀旧,即怀念过去的人、事、物;一为乡愁,即怀念亲人、故乡而引起的愁绪。[3] 廖炳惠亦翻译为"怀旧",nostalgia(怀旧)这个词在西方为 17 世纪末由奥地利医师提出,针对的是异地征战的士兵的思乡症候(homesickness),即思乡病的病征。[4]

在中国,"乡愁"这个词最早入诗与提出,四川大学教授张叹凤研究认为当属杜甫(712—770),其诗《和裴迪登蜀州东亭送客逢早梅相忆见寄》中有一句"若为看去乱乡愁"。[5] 张叹凤也说:"乡愁是家园文化与离散现实的冲突结果,与人生旅途心灵诉求所触发的、带有悲剧意味的情思与感想。"[6] 当然,怀有乡愁者包括离乡之人与在乡之人,在乡之人常因居住地时空环境的变迁与人事已非的变化,而有怀旧的乡愁,即本文欲讨论的第三部分"时空变迁的乡愁"。[7]

对乡愁主题在台湾文学史的出现作历时性考察,大概可分四个主要阶段:明郑时期的遗民文学,清代宦游文人的羁旅与怀乡文学,日本殖民统治时期的

---

[1] 颜崑阳认为:"自古以来,中国人便有四大怀乡的原因:一、是知识分子的游宦各地;二、是战士征戍前方;三、是时代乱离而迫使人们流落异地;四、是人们为了讨生活而离乡背井。"参见颜崑阳:《月是故乡明——乡愁篇》,新自然主义股份有限公司,2000 年版,第 5 页。

[2] 参见王立:《中国古代文学十大主题——原型与流变》,文史哲出版社,1994 年版,第 249 页。

[3] 参见黄维樑:《余光中"乡愁"的故事》,台湾文化论述研讨会论文,台湾中山大学文学院,2006 年。另参见刘正伟:《试论余光中诗中的乡愁》,载《台湾联合大学学报》,2012 年 7 月,第 143~156 页。上述两文中专门讨论了离散(Diaspora),读者可参看,本文则不拟讨论。

[4] 参见廖炳惠:《关键词 200:文学与批评研究的通用词汇编》,麦田出版社,2013 年版,第 179~180 页。

[5] 参见张叹凤:《中国乡愁文学研究》,巴蜀书社,2011 年版,第 154~165 页。杜甫诗《和裴迪登蜀州东亭送客逢早梅相忆见寄》:"东阁官梅动诗兴,还如何逊在扬州。此时对雪遥相忆,送客逢春可自由?幸不折来伤岁暮,若为看去乱乡愁。江边一树垂垂发,朝夕催人自白头。"

[6] 参见张叹凤:《中国乡愁文学研究》,巴蜀书社,2011 年版,第 5 页。

[7] 杨明在其讨论乡愁的专著中,主要讨论了迁台作家的怀乡文学,并没有讨论在乡因时空变迁的乡愁这一点。参见杨明:《乡愁美学——1949 年大陆迁台作家的怀乡文学》,秀威资讯科技股份有限公司,2010 年版。

留学与文化乡愁文学,战后的怀乡文学。① 例如钟理和的短篇小说《原乡人》文末写道:"原乡人的血,必须流返原乡,才会停止沸腾!"讲的就是台湾被日本侵占时期深层的文化乡愁了。然而近半世纪来,犹以战后的怀乡文学带给本地的冲击与影响,至为深远。

乡愁主题文学,是20世纪四五十年代大陆来台诗人的专利吗?答案是否定的。怀旧情结与多愁善感,是人们与生俱来的。70年代乡土文学论战以后,不仅本地诗人纷纷起而关注乡土文学的创作与实践,新赴台的诗人也开始注意居住地的乡土文学,进而关注赖以生存的土地,并多有创作与交流。乡愁、怀乡文学,其实大多包含于乡土文学的大框架下。②

台湾的"60后"(即目前所谓后中生代)诗人,多在台湾出生成长,虽难免受到前辈诗人各种诗观与技法的影响,但是也试图走出自己的路。吴晟《我们也有自己的乡愁》一诗说"原来小小的岛屿/也有我们自己的乡愁",是的,我们"60后"诗人也有着自己的乡愁。

本文即通过"土地故乡的乡愁""文化想象的乡愁""时空变迁的乡愁"三个方面,探讨"60后"诗人诗中的乡愁主题表现。上述三种乡愁,可对应楼肇明对台湾乡愁文学提出的三种看法:"事实故乡意义层面上的乡愁;文化层面上的乡愁;心灵精神家园层面上的乡愁。"③ 当然,这三种乡愁彼此间有混杂,有的诗兼有此三种情愫与内涵,笔者尽量加以判断、归纳和分析。

二、土地故乡的乡愁

乡愁、怀乡文学,其实大多处于乡土文学的大框架下。诗人萧萧在乡土文学论战(1977—1978)后不久,曾迂回地提出与"乡愁诗"谐音谐义双关的"乡畴诗":"安土重迁的人以乡畴为重,爱乡土,卫乡土;不得已而远赴异地的人,怀乡土,念乡土,形成两种取材相异的诗——乡畴诗与乡愁诗!"④ 萧

---

① 参见翁柏川:《"乡愁"主题在台湾文学史的变迁——以解严后(1987年—2001年)返乡书写为讨论核心》,台湾清华大学台湾文学所硕士学位论文,2006年,第4~8页。该文中"'乡愁'在台湾文学史的表现"一节,分列五项,从明郑时期的"遗民文学"到六〇年代的留学生文学。

② 参见张叹凤:《中国乡愁文学研究》,巴蜀书社,2011年版,第197~210页。该书中多引述鲁迅对乡土文学的说法。

③ 参见楼肇明:《八十年代台湾散文选》,中国友谊出版社,1991年版,第18~22页。

④ 参见萧萧:《乡畴与乡愁的交替——论近年中国诗坛风云》,萧萧、陈宁贵、向阳:《中国当代新诗大展1970—1979》,德华出版社,1981年版,第1~11页。可能当时还在戒严时期,萧萧文中的说法现在看来显得有点保守,但亦用心良苦。

萧主要提出诗人们要多描写对台湾这片土地的乡畴之爱，试图化解当时文坛对于乡土诗派与乡愁诗派因乡土文学论战产生的心结，可谓用心良苦。许慎《说文解字》说"畴"："耕治之田也。"畴是农民耕种的田地，田地即土地，因此乡畴诗其实也就是乡土诗。对照史瑞夫特的说法：

> 地方经验的文学意义，以及地方意义的文学经验，都是活跃的文化创造与破坏过程的一部分。它们并非起源或终止于某个作家。它们并非隐于文本。它们并非包含于作品的生产与传布之中。它们并非源始或结束于读者身份的模式与特质。它们是上述一切，以及更多事物的函数。它们是累积性表意作用之历史漩涡中的每一刻。[1]

史瑞夫特阐述道，不管是地方经验的文学意义，还是地方意义的文学经验，其实书写地方经验或者乡土文学，都是人类历史文化积累的一部分。土地、历史与文化，本身就是人类文化乡愁的一部分。

"60后"诗人大多成长于乡村，后多赴城市读书与就业，从而变成羁旅都市的一分子。离乡背井，不免多有故乡之思。在此要讨论的是"60后"诗人对这片土地的乡愁书写，探究他们离开家乡的土地后，对母土故乡产生的怀念与乡愁。

女诗人一直是台湾诗坛的少数[2]，而颜艾琳是"60后"当中成就卓越的女诗人之一，她的故乡在台南下营，而她负笈北上后就成了台北人。大家多着墨于她的女性与情欲书写[3]，其实她的怀旧乡愁诗也不错，常写故乡的人事物，例如《乡愁刑》：

像农人插秧一样，
我将故乡种植在舌根上，

---

[1] 原载 N. Thrift：*Literature, the Production of Culture and the Politics of Place*，转引自 Mike Crang：《文化地理学》，王志弘、余佳玲、方淑惠译，巨流图书公司，2005年版，第61页。

[2] 在本文所列70多位诗人名单中，女诗人约占20位。林于弘的研究说女诗人在诗选集所占比例平均是11%，在年度诗选中平均占16%，参见林于弘：《女性诗的存在与思考》，《台湾新诗分类学》，鹰汉文化企业股份有限公司，2004年版，第289页。笔者在研究中也发现，在20世纪60年代的《十年诗选》《六十年代诗选》《中国现代诗选》，以及早期蓝星诗刊抽样样本中，女诗人也只占7.7%~13.3%左右，参见刘正伟：《早期蓝星诗刊诗作抽样分析与比较》，第四届东方人文思想两岸学术研讨会暨庆祝罗宗涛讲座教授杏坛50周年纪念研讨会论文，玄奘大学中文系，2012年，第261页。

[3] 参见颜艾琳：《乡愁刑》，《她方》，联经出版事业公司，2004年版，第154~156页。

借着语言传播
她绿色的风景、
老旧的红砖瓦厝、
前人祖先的事迹。

那曾经灌溉过
无数农田的水流，
如今自我心脏的水坝复活，
流动着生命的文字
注入一畦一畦的纸张；
让众人看见
大肆泛滥的乡愁，
如何冲刷攀附在我身上的
都会鳞片、霓虹颜料？

一吐舌，
泥土的香腥味
卷着玉米、番薯、龙眼、芒果
稻米、桂花、文旦、芭乐的气息
再次将自己催眠。

"我们回到家乡了。"
彼时，乡愁尚未打造成
铐绑游子的刑具；
我们在嘉南平原
绿色的牢笼中
快乐的服监。[1]

　　颜艾琳来自下营乡下，开头就用农人插秧的意象，将故乡的印象"种植在舌根上"，借着语言传播的力量，不断地向他人也向自己诉说着故乡回忆的美

---

[1] 参见蔡振念：《一颗美丽的瓶中苹果——评颜艾琳诗集〈她方〉》，载《文讯杂志》，2005 年 5 月第 235 期。

好。第二段则回忆故乡用于灌溉的水流,就像诗人身上流动的血液,这是一种生命有机的联结,变为文字的叙述,期望让大众看见她心里大肆泛滥的乡愁。诗人企图用这种怀旧的乡愁,这种土味的本真,去冲刷掉都市生活形态的假面,因为鳞片代表防御的装备与心态,霓虹象征着虚华无实的假象。第三、四段则借由诉说与回忆的想象,才能将自己催眠,才能在回忆与催眠中回到故乡,在那充盈着绿色的记忆牢笼中,快乐地、心甘情愿地服监。诗中言"快乐的服监",其实浓浓的乡愁已然袭上心头。

祖籍彰化田尾的陈谦,出生于桃园复兴乡,成长于新北市树林区,想必经常返回父祖的故乡,有诗《故乡——拟思妇词》为记:

自你走后
八堡圳的暗泣
未曾停歇
且在夜里
滚湿,无辜的枕巾①

八堡圳位于彰化县,1719年完工,是台湾最古老的三大埤圳之一。取浊水溪水灌溉八堡农田,也叫"浊水圳",灌溉面积涵盖半数以上彰化县农田,是彰化的象征之一。思妇闺怨,是中国传统诗词中常见的主题。从白居易、温庭筠、柳永,到郑愁予的《错误》等,都有思妇倚楼而望之声情并茂、幽怨悱恻的离愁状写。而陈谦《故乡——拟思妇词》以拟人法将自己对故乡日夜的思念,转化为八堡圳的暗泣,像思妇般,在夜里滚湿了无辜的枕巾,实则是诗人对故乡无尽的思念与乡愁。

相对于出生在嘉南平原的颜艾琳,生于苗栗山村的刘正伟则以矗立家门对面的仙山为他乡愁的象征。试看《仙山》:

他乡的游子
时常在梦里云游
乘飘逸的山岚回乡
寻你,在星辉灿烂的松树间
而松针是梦夏夜的雨丝

---

① 参见陈谦:《给台湾小孩》,彰化文化局,2009年,第99页。

被离离的风声吹落

仙山，幻化之乡愁
是凝固时光中的海浪
无声无息的波动，在云端
仰望，厚实的山峰
如想望孩提时母亲温暖的胸脯
总是在异乡疲累的酣声中
韵律的起伏

时常在梦里云游
他乡的游子
而松针是梦夏夜的雨丝
总是被离离的风声吹落
时常，乘飘逸的山岚回乡
寻你，在星辉灿烂的松树间

注：仙山，海拔九百多米，位于苗栗县狮潭乡境内，终年云雾缭绕，如在仙境，因此得名。传说山腰涌出之矿泉（又名仙水）曾治好村民怪病……①

　　陈谦在《阅读与写作——当代诗文选读》的导读中说："《仙山》一诗，叙述一个离乡背井的游子，对故乡深深的、永恒的思念。作者年轻时就离开家乡到桃园都市中闯荡，而常常在梦中、脑海中浮现的，却是故乡美好的景物与对亲人的怀思。"② 这首诗平脚直书式的诗行排列，像山的造型。诗中叙述作者时常在梦里云游返乡，忆起在云雾缭绕中若隐若现的故乡山峦，试图在夜阑人静时，在回忆中找寻故乡美丽的形象、亲人温暖的身影与青梅竹马的笑靥，那是一种母土乡情的联结与怀思。

　　在花莲出生，在宜兰度过童年的罗叶，曾是文学奖的常胜军。试看其获得联合报文学奖的《在棒球场》（节选）：

---

① 参见刘正伟：《梦花庄碑记》，苗栗县文化局，2005年，第6~7页。
② 参见顾蕙倩、陈谦：《阅读与写作——当代诗文选读》，十力文化出版公司，2010年版，第120~121页。

天亮后，童年不再，不再仅止于这些
过期的报纸折成手套，在那十岁大小的
眼瞳里：甘蔗是球棒、砖块是垒包
竹林旁那堵黄土矮坡像极了全垒打墙
当他用力一挥，球影凌越土坡，生命中某种
某种奇妙律动顺沿抛物线滑向天际
一个辽阔的世界正式开启①

这首诗的开头描述了穷乡僻壤时值初秋的老家，全村人挤在唯一的电视机前，观看世界少棒赛的转播，回忆着"60后"诗人共同的棒球记忆，即1968年由红叶、金龙少年棒球队击败来自日本的棒球队，从而开启70年代风起云涌的台湾三级棒球运动的风潮。过期的报纸折成手套、甘蔗是球棒、砖块是垒包，这是许多"60后"诗人共同的乡愁记忆，方群的《燃烧的野球》"迷路的童年是一记失控的偏高变化球"，也同样写到童年的棒球记忆。②《在棒球场》的结尾，罗叶将这个共同的记忆带入现实情境，转化为对台湾处境的共同省思，这些都是"60后"人们共同的回忆。

学校也是乡愁记忆的场景之一，如罗叶的《母，校》（节选）：

母亲陪我缓缓走在校园里
校园缓缓陪我走在母亲里
我像一棵回家养伤的小树
掉着几片羞愧如泪的黄叶③

诗人在脑中风手术后，回到母亲和小学母校的怀中养伤，诗中融合了亲情与记忆的乡愁，有感伤、有感恩，情景交融的场景令人伤感。同样来自宜兰罗东的刘三变，则以《罗东林场》道出他的记忆与乡愁：

年少的嬉笑声早已沉入池底

---

① 参见罗叶：《我愿是你的风景——罗叶诗选》，典藏文创出版公司，2013年版，第106~109页。
② 参见方群：《航行，在诗的海域》，麋研笔墨出版社，2009年版，第184~185页。
③ 参见罗叶：《我愿是你的风景——罗叶诗选》，典藏文创出版公司，2013年版，第126~127页。

> 那孩提的梦无人打捞
> 只见池边各式的枝叶
> 以各种姿势辛勤地飘落、哀叹
>
> 时间不停流逝
> 人们的欲望逐渐地被现实养胖
> 人胖了日子瘦了
> 林场旁边的检尺寮也被时间搬走了①

（节选）

罗东林场在罗东市区，原为台湾三大林场之一太平山林场之制材、贮木作业以及营林办公厅舍，也是太平山林场运材铁路火车的终点站。蓄木池、检尺寮都是当地特殊的景观，"人们的欲望逐渐地被现实养胖/人胖了日子瘦了/林场旁边的检尺寮也被时间搬走了"，当人们年岁逐渐增长，人胖了日子却短了，林场的许多景观也不复见，刘三变的诗见证了台湾林业的兴衰，也呈现了他对宜兰故乡的记忆与永恒的乡愁。

三、文化想象的乡愁

诗人因为教育或传统的风俗沿革，而对故国历史与文化发思古幽情，不也是一种特殊的文化乡愁？笔者认为，这种文化乡愁不专指来台诗人对大陆故乡的文化乡愁，也指对清朝以来的文化乡愁的传承与想象。

余光中对乡愁的看法为：

> 所谓乡愁，原有地理、民族、历史、文化等等层次，不必形而下地系于一村一镇。地理当然不能搬家，民族何曾可以改种，文化同样换不了心，历史同样也整不了容。不，乡愁并不限于地理，它应该是立体的，还包含了时间。一个人的乡愁如果一村一镇就可以解，那恐怕只停留在同乡会的层次。真正华夏之子潜意识深处耿耿不灭的，仍然是汉魂唐魄，乡愁则弥漫于历史与文化的直经横纬，而与整个民族祸福共承，荣辱同当。地

---

① 参见刘三变：《诱拐你成一首诗》，唐山出版社，2008年版，第70～71页。

理的乡愁要乘以时间的沧桑，才有深度，也才是宜于入诗的主题。①

余光中对乡愁的看法是比较全面的，但仍是以新移民的观点来回顾故乡的文化与地理的乡愁。台湾的"60后"诗人受到当时教育以及父祖辈观念的影响，其诗作中也多有对中华传统文化与历史的想象。例如纪小样的《唐三彩》：

> 唐朝的马扬起前蹄
> 瞳铃般的眼怒视着
> 辉煌的过往
>
> 星夜里赶路
> 在马嵬坡上迟疑了一会儿
> 我的诗句；我的座骑
> 准备跨过苍茫的
> 历史②

纪小样的《唐三彩》中展现出的乡愁，与余光中、痖弦等人的文化乡愁风格是不尽相同的，前辈诗人几乎都有直接接触大陆故土的经验，而"60后"诗人则普遍有跨越历史迷障的自我想法。方群在《我收到一张机票》一诗中又有不一样的表现：

> 我收到一张机票，来自祖父
> 那日夜思念的神州故土
> 他说，那是他的老故乡
> 在失去与获得之间徘徊的
> 矛盾土地③

（节选）

方群的这种矛盾心态也普遍存在于"60后"诗人中，他们不像余光中、

---

① 参见余光中：《五行无阻》，九歌出版社，1998年版，后记第172~173页。
② 参见纪小样：《想象王国》，诗艺文出版社，1998年版，第170页。
③ 参见方群：《文明并发症》，文史哲出版社，1997年版，第103~104页。

洛夫、痖弦、郑愁予等前辈诗人是从大陆故乡来台,相较于前辈,"60后"诗人们面对没有实际体验过的"故乡"多有着疑惑与矛盾的心态。刘正伟的《长城怀古》则是从教科书中常见的"一将功成万骨枯"的故事展开描述,进而引起联想:

  一脚就跨上历史的巅峰
  多少皇朝赖以苟延的屏障
  苔痕是血泪和岁月不断争战的象征
  抚视时间被遗忘而倾圮的角落

  变幻的是城垛两岸轮回的风景四季
  千年不变的是南方草原不断滋养的风风雨雨
  回首来时的道路坎坷依旧
  前面的路途却丛生草杂

  啊!远处的烽火台
  据说毁于吴三桂守关那一年
  如今,谁来?擎起微弱的火炬
  点燃千年不举的狼烟

  所谓丰功伟业?成就了多少枭雄
  在教科书里不断杀进杀出
  好汉络绎于途
  而英雄,早已滚落历史的长城[①]

  《长城怀古》从文化历史的乡愁出发,感叹时间的无情、历史的嘲弄,也谈到两岸的风风雨雨。诗中感怀多少在教科书里不断杀进杀出的所谓英雄豪杰,都不免滚落历史的长城,滚入时间的洪流中灰飞烟灭,只留下冰冷的万里长城供后人凭吊。
  陈大为是在台湾读书的马来西亚籍华裔诗人,曾经在现代诗与散文的各大

---

① 参见刘正伟:《梦花庄碑记》,苗栗县文化局,2005年,第39~40页。

文学奖中纵横俾倪，几度引领风骚。其诗集《治洪前书》① 里的《风云》《招魂》《治洪前书》《尧典》，诗集《再鸿门》里的《曹操》《屈程序》《再鸿门》等诗，对中华传统历史典故或神话传说的文化乡愁想象，作一番有机的解构与改写而不失现代感，其纯熟的改写技巧与叙事策略，令人耳目一新。诗集《再鸿门》中有许多诗作融和南洋情境的乡愁回顾与中华传统文化的乡愁想象，作进一步联结，而拓展更开阔的视野，如诗作《茶楼》（节选）：

> 你必须选个群雷舞爪的阴天
> 让想象层层渗透历史的中山装
> 逛逛这条英殖民地旧街场
> 进一步假设：风是一九○九的色泽
> 南洋昏睡，还梦见自己是唐山
> 累了，你就往街尾的茶楼搁下思絮
> 蜷曲的疲倦会像茶叶舒展——②

又如《会馆》（节选）：

> 如同一张收得很紧很紧的大网
> 香味笼罩整栋新盖的广西
> 修订的乡音问候纯正的乡音
> ………
> 我把族谱重重合上
> 仿佛诀别一群去夏的故蝉
> 青苔趴在瓦上书写残余的馆史
> 相关的注释全交给花岗石阶
> 南洋已沦为两个十五级仿宋铅字
> 会馆瘦成三行蟹行的马来文地址……③

陈大为从马来西亚来在台湾大学中文系读书，二年级时就开始写诗，想必

---

① 参见陈大为：《治洪前书》，诗之华出版社，1994年版。
② 参见陈大为：《再鸿门》，文史哲出版社，1998年版，第14~19页。
③ 参见陈大为：《再鸿门》，文史哲出版社，1998年版，第20~26页。

在台大扎实的中文阅读引发了他更浓厚的文化乡愁,从而启发他一系列连贯古今的历史解构。对故乡的想念,也使他写下家乡的记忆,在南洋,会馆是华人的聚会场所,也是精神寄托,"如同一张收得很紧很紧的大网",仿佛是原乡的象征。然而,异乡毕竟不同于原乡,在南洋昏睡的梦境中,诗人仍会梦见自己是唐山的一部分。那种寄人篱下的无奈与时空变迁的慨叹,令人深思。

刘正伟获得第四届梦花文学奖新诗首奖的《梦花庄碑记》,其文化乡愁则是由本土意识出发,从清朝叙述到眼前:

> 千禧年的黄昏
> 一颗百年前沉思的巨石
> 长满青须
> 坐在后龙溪畔,欣赏
> 秋意在芒花海上的波动
> 如浪涛,不停的涌来
> 翻飞也好
> 梦花也好
>
> 骑着黄昏的单车
> 探访后龙溪畔
> 小河白发的百年心事
> 等着的或许有鱼、有虾
> 或许有辫子,有日本鬼子
> 还有曾祖父蹒跚的脚步
> 我沿着河流的源头回溯
> 踏寻原乡深秋苍茫的意境[①]
>
> (节选)

苗栗县政府为纪念苗栗于1889年设县,在1982年7月立一座牌坊于侨育小学北侧,记述其事:"苗栗城池,在猫狸之梦花庄(旧名芒花庄,俗名黄芒

[①] 这首诗是平脚直书式的排列,像苗栗县城建城时荆竹篱笆式的城墙,参见刘正伟:《梦花庄碑记》,苗栗县文化局,2005年,第2~5页。方群说这首诗是地志诗也对,参见林于弘:《台湾新诗中的苗栗地志诗书写研究》,《第五届苗栗县多元共生研讨会论文集》,台湾联合大学,2007年,第63~80页。

埔)。光绪十六年知县林桂芬谕派绅民环植荆竹（代替城墙），周围一千余丈……"诗人看到上面的文字而引发了对自己家乡的原乡想象，并将其融入深远的文化乡愁，缅怀父祖先贤，也憧憬着浪漫的桃花源。

四、时空变迁的乡愁

"乡愁像不能捕捉的病菌，随时会侵入你思维的缝隙，让你的心灵成为相思的病灶。"[1] 怀旧、怀乡一直是国人情感凝聚的要素之一。乡愁、怀旧，亦为怀念过去的人、事、物，在心灵上引起的愁绪。纵使没有离开故乡的人也有乡愁，因为一直居住在故乡的人，随着时代环境的或进步或变迁，也会怀念旧时的、逝去的风土景致与人情世故。

陈克华《台北的天空》当算"时空变迁的乡愁"的代表作，这首诗被编成歌曲，成为电视剧主题曲，风靡一时：

> 风好像倦了
> 云好像累了
> 这世界再没有属于自己的梦想
> 我走过青春
> 我失落年少
> 如今我又再回到思念的地方
>
> 台北的天空
> 有我年轻的笑容
> 还有我们休息和共享的角落
>
> 台北的天空
> 常在你我的心中
> 多少风雨的岁月我只愿和你度过

（节选）

这是为连续剧量身定做的主题曲，据说陈克华只花了十分钟即写成。诗中

---

[1] 参见颜崑阳：《月是故乡明——乡愁篇》，新自然主义股份有限公司，2000年版，第5页。

虽描写的是海外留学生或是移民海外侨胞思念故乡台北的心情，却也让台北本地的广大观众产生共鸣，在对现实环境不满意时，哼着"这世界再没有属于自己的梦想/我走过青春/我失落年少"，自然落入怀旧的情境，也随之产生对台北城市变迁与往日情感的缅怀与寄托。

居住在城市中的"60后"诗人，读书、成长、就业几乎都没有离开城市，离乡背井的情况并不普遍，其"土地故乡的乡愁"的诗作也较少。他们的诗作中表现得更多的是因时空变迁而产生的乡愁，例如方群《台北·微雨》（节选）：

　　今夜，台北微雨
　　飘着沉风
　　飘着你
　　飘着木麻黄深深的记忆①

在台北夜里的微风细雨中，诗人落入了回忆。方群的《乡思五则·锣》："故乡是一面牢不可破的思念/用苦难捶打/用心音颤动"②，短短三行诗，看不出确切的乡愁地域，但是作者借由锣的回音颤动，回想旧时的故乡。

唐捐的乡愁想象与父亲的皮鞋有关，其诗《有人被家门吐出》写道：

　　把脚种入父亲的皮鞋
　　有血液向上涌动
　　双手高举，成一片枝桠
　　有白鸽衔挽歌来栖息③

当诗人的脚踩入父亲的皮鞋，一股怀旧的气氛与感慨就涌上心头，挽歌则代表对逝去时光的一种追悼的心情，那些旧时与父亲互动的情形仿佛历历在目，这也是大多数人的共同记忆。

李进文的乡愁是与母亲联结的，《对母亲的看法》一诗中说："能给的，她都卸货了/整个空掉的母亲留给故乡//故乡老是搁浅着各式各样的母亲"④，诗

---

① 方群：《进化原理》，凯拓出版社，1994年版，第14~16页。
② 方群：《进化原理》，凯拓出版社，1994年版，第88页。
③ 参见唐捐：《意气草》，诗之华出版社，1993年版，第82~86页。
④ 参见李进文：《不可能；可能》，尔雅出版社，2002年版，第32~34页。

中"搁浅"一词无理而妙，诗人对故乡的回忆是与自己的童年、与各个阶段（各式各样）的母亲联结在一起，因此对故乡的回忆就停驻在随岁月变化的母亲中。

"60后"的台湾诗人，大多会在诗中对乡土现实、政治问题做出批判或省思，而往往这些思辨是与乡土的变迁或问题联系起来的。李敏勇评论许悔之诗选时说：

> 1960世代出生的台湾诗人：一方面在自由化、民主化的政治条件下，更有批评、反思的视野；另一方面，则缘于都市化、工业化所提供的空间，减免了批评、反思的课题。[①]

但是许悔之的诗《我们神秘的悲伤》却通过想象的乡愁，批判了工业化带来的污染：

> 你去过北港溪吗？我的家乡
> 那一条被严重污染的彩虹
> 常常在黑夜之中无声的涡流
> 像一个不可避免生而病弱的
> 女人眼看着园里的蔷薇枯死一百朵
> 除了等待那神秘的悲伤张开口
> 我们什么，什么也不想说[②]

出生于桃园的许悔之，借由充满想象的环保诗、乡愁诗《我们神秘的悲伤》，通过描写呜咽的北港溪，表达了宝岛土地河流普遍受到工业化污染的共同感伤，故乡的溪流不复以往记忆中的纯净，化为诗中控诉的张力。哀莫大于心死，我们什么也不想说，虽不想说，但对生态破坏、环境污染的无言控诉，实则在人们心中已经产生巨大的冲击。

鸿鸿的诗则较许悔之"激进"许多，其诗写实性强，多与社会运动结合，他2006年出版的《土制炸弹》的后序即表明"诗是一种对抗生活的方式"，他以戏剧、诗歌对抗社会、政治上的不公不义。近作《仁爱路梨田》诗集也多延

---

① 李敏勇：《台湾诗人选集·许悔之集》，台湾文学馆，2010年，第105~118页。
② 李敏勇：《台湾诗人选集·许悔之集》，台湾文学馆，2010年，第42~43页。

续这种看法，例如《葡萄牙与塑胶花——反中科跟农民抢水》《仁爱路梨田——记老农第 12 次北上诉愿》，以及《乡愁四韵——记立法院通过土地征收修订条例》（节选）：

　　法令一鞭鞭
　　抽打着绿油油的农田
　　伤痕一道道
　　冒出了焦油与浓烟

　　法令一口口
　　啃吃着荒凉的乡村
　　而开怪手运尸骨的
　　是我们无地可耕的子孙①

　　鸿鸿的《乡愁四韵》，与余光中的《乡愁四韵》"那醉酒的滋味是乡愁的滋味/给我一瓢长江水啊长江水"截然不同。鸿鸿诗中大多以后设的写法讽刺时政，担忧土地被侵蚀，他与吴晟等诗人化诗心为行动，将对土地逐渐消失的乡愁想象化为对家园的大爱，亦收获许多成果，是"60 后"诗人的另一种成就。

五、结语

　　台湾诗文的乡愁主题，自明末沈光文开始，到清朝宦游文人羁旅唱游之作，延续到 20 世纪四五十年代来台文人的作品。我们尊重不同身份的文人抒发自己的乡愁，由各个面向汇聚的乡愁才是完整而具体的台湾乡愁文学。

　　　　我们讲故事时选取一些情节，这些情节借历史/叙述（narritive）呈现的是我们借以传讯的感知素材；另一方面，我们也选取某些说书形式（genre），做出一个说书的结构（construct），并在用素材编织的过程中编进一些原理（theorization）。在这样编织出的织体上，所承载的当然不只

---

　　① 鸿鸿：《仁爱路梨田》，黑眼睛文化公司，2012 年版，第 52~53 页。《乡愁四韵——记立法院通过土地征收修订条例》为四段诗的形式。

是过去的种种乡愁与啼嘘,其中更是我们对未来的恐惧或想望之投射。①

上述这段话,可以用于解读不同作家与文本中,关于历史、乡土、怀旧与乡愁想象的叙述模式与其中的对应关系。怀旧叙述在时间点来说,也是一种跳接时空的想象,作者企图经由怀旧(nostalgia)而跳接过去与未来,提供缅怀过去、展望未来的一种承前启后的想象空间。

从本文涉及的"土地故乡的乡愁""文化想象的乡愁""时空变迁的乡愁"等方面来看,"60后"台湾现代诗人诗中所表现的乡愁,多具有小乡土情结,即追忆和描绘自己乡村出生地的美好,从而引发出切身而具体的乡愁。

---

① 丘延亮:《三只老虎的故事:"政治社会的再思考"》,陈光兴:《发现政治社会》,巨流图书公司,2000年版,第74~75页。

评《新世纪新诗社观察》诗论集

> 独学而无友，则孤陋而寡闻。
>
> ——《礼记·学记》

一、前言

中华民族号称以诗立国的民族，从《诗经》《楚辞》到汉赋、唐诗、宋词、元曲再到现代诗，诗一直以各种形式存在。从屈原、李白、杜甫、苏轼、胡适、余光中到余秀华，诗人的精神一直以各种形式坚持与传承。

《新世纪新诗社观察》于 2021 年在台北由万卷楼图书股份有限公司出版，分上下两册，是萧萧教授与台湾国文天地杂志社合作而成的一本介绍 21 世纪新诗社的专著。《新世纪新诗社观察》总计收入吹鼓吹论坛、野姜花、风球、好烫、歪仔歪、台客、人间鱼七个诗社成立以来的各种成果，具有继往开来的意义。

胡适 1917 年 1 月在《新青年》第 2 卷第 5 号发表的《文学改良刍议》，是倡导文学革命的第一篇文章，当年 2 月他在该刊发表首批八首白话诗。新诗发展至今已满百年，如果以台湾诗坛的发展来说，第一阶段是萌芽期，以风车诗社、银铃会为代表；第二阶段是战后现代主义运动期，主要以现代诗社、蓝星诗社、创世纪诗社、笠诗社为代表；第三阶段为乡土文学运动多元发展时期，以葡萄园、秋水、龙族、阳光小集、台湾诗学季刊社为代表；第四阶段是网络时代发展期，以《新世纪新诗社观察》讨论的七个诗社为主，因为新世纪新诗社主要都是通过网络来串联、组织与发展。亦即第一、二阶段诗社主要以书信联系，第三阶段诗社主要以电话联系，第四阶段诗社主要以网络联系，这是极有趣的发展变化。

《新世纪新诗社观察》一书对各诗社的发展沿革、诗人风格、诗作特色与诗社定位都有较详细的介绍。笔者拟就该书的内容做个综合的观察报告。

二、21 世纪台湾诗坛诗社综合观察

20 世纪在台湾诗坛有长期影响力的老牌诗社，主要有现代诗、蓝星、创世纪三大诗社，后来陆续加入的笠、葡萄园、秋水、龙族、掌门、台湾诗学等诗社的影响力也不容小觑。然而能够跨世纪生存下来，持续出刊与活动的诗社，只剩下创世纪、笠、葡萄园、秋水、掌门、台湾诗学等，它们仍在坚守文学传承的岗位。

21 世纪以来的新诗社，除了《新世纪新诗社观察》一书收入的吹鼓吹论坛、野姜花、风球、好烫、歪仔歪、台客、人间鱼外，还有不少。如 2005 年 3 月 25 日创刊、由蔡秀菊主编的《台湾现代诗》，2015 年 12 月创刊、由方明主办、两岸诗人学者团队精心编辑（总编辑为杨小滨、黄梵）的《两岸诗》，2014 年 5 月由文史哲出版社社长彭正雄主导发行的《华文现代诗》，以及 2020 年 11 月创刊、由陈去非主导的《子午线诗刊》，等等。上述团队的诗社组织与性质不明显，但都出版了诗刊、奉献于诗坛，不得不记。其中，《两岸诗》为方明独资创办，其他则多由诗社同仁组织，或募款或申请文化管理部门补助出版。但是没有诗社组织，对刊物与团队的凝聚力与前途发展或许不利，例如《华文现代诗》，就只有由彭正雄、林锡嘉、陈宁贵、莫渝、曾美霞、陈福成、刘正伟等人组成的编辑委员会，没有诗社组织，不利于新人的培养，虽获得两个单位补助，仍然因主事者年迈、后继乏力，而于 2019 年 5 月办完五周年庆并颁发诗奖后，宣布停刊。诗坛少了一个优质的发表园地，殊为可惜。

网络媒体带来的便利，使得网络诗社蓬勃发展。除了《新世纪新诗社观察》一书中的七个诗社与老诗社诗刊都各有自己经营的网络社群外，其他如"每天为你读一首诗""这一代诗歌""喜菡文学网""有荷文学杂志""新诗路""新诗报""俳句社团"等新诗相关的网站平台，都各有其粉丝与拥护者。而且因网络联系的便利性，香港诗人及马来西亚、新加坡等海外诗人也非常喜欢参与台湾的网络诗刊发表、交流与活动。

鉴于 21 世纪网络时代的风潮，大陆已经连续六年发行《中国微信诗歌年鉴》，笔者忝为编委，每年积极组织台湾地区诗人参与。笔者主持的"台客诗社""诗人俱乐部"网站和诗人林广主导的"新诗路"网络平台合作，创办了电子版《2019 年网络年度诗选》。因为推出后普获好评，第二年扩大为《2020 年全球华人网络诗选》，广邀全球 13 个国家与地区的华文诗人参与，共同推广

诗运、促进交流，同时推出电子书和纸质书，为一个年度的网络诗界做一回顾。该诗选不仅邀请资深诗人投稿，也欢迎网络诗人自我推荐并参与初选复选，兼顾传承、质量与入选资格机会的相对公平性。网络传播无远弗届，纸本的耐读也让人欣喜，新世纪新诗界新思路，我们都希望爱诗人共同的千秋大业能永续发展下去。

三、21世纪新诗社发展情况分析

《新世纪新诗社观察》介绍了七个诗社的成员、刊物与历史，其内容堪称庞杂，笔者特意请各诗社要角提供资料协助制作"新世纪诗社观察综合统计表"（见表1），方便后续观察讨论。

由表1可知，吹鼓吹论坛是这七个诗社中最早成立的，其是由台湾诗学季刊社为适应网络时代的潮流而发展的网络社群媒体，进而发展成诗社、诗刊形式的组织。《台湾诗学学刊》曾为核心期刊，投稿的多为诗坛老将与学者，而活跃于网络诗论坛的则主要是中青年诗人，兼具老干新枝、承前启后的传承与宣传发展的双重重大意义。

歪仔歪诗社主要在宜兰地区发展，较为低调；风球诗社主要成员为大专院校学生或毕业生，主要发展方向为提升诗社的力量与发展高中生进入诗的领域，每年有全岛高中诗展，成果可观；野姜花诗社从高雄旗山的读书会起家，发展成著名的诗刊诗社，未来可期；而台客诗刊应该是仅有提倡以闽南语和客家话创作的诗刊，每期固定的"地志诗""与诗人对话"专栏也是特色之一；好烫、人间鱼诗社的状态与发展，仍需大家多支持、关注与鼓舞。

由表1我们可以得知，诗社主要成员中老少诗人兼具的有吹鼓吹论坛、野姜花、台客三个诗社；诗社主要成员大部分为年轻诗人的有歪仔歪、风球、好烫、人间鱼四个诗社。我们可以从中发现几个诗社间存在的差异：

（一）诗社诗刊经营稳定性的差异

诗社主要成员中老少诗人兼具的有吹鼓吹论坛、野姜花、台客诗社三个诗社，它们都能依靠社费、募款或申请文化管理部门补助，以维持正常的纸本季刊发行，能持续稳健经营。

评《新世纪新诗社观察》诗论集

表 1 新世纪新诗社观察综合统计表

诗社名称	1. 社长 2. 总编辑 3. 主编	主要成员	期刊名称（类别）	正式成立时间	活动网站名称
吹鼓吹论坛	1. 李瑞腾 2. 无 3-1. 学刊：解昆桦 3-2. 论坛：陈政彦 李桂媚	1. 学刊：丁旭辉、李瑞腾、萧萧、苏绍连、解昆桦、向明、李葵云、陈政彦、陈征蔚、杨宗翰、方群、郑慧如、徐培晃、朱天多、姚时晴、陈牧宏、黄里、灵歌、王罗蜜、黄丰川、叶莎、陈静容、庄仁杰、宁静海、刘晓颐、卡夫、李桂媚、曼殊沙华、离毕华、王侧、苏家立、漫渔	1. 学刊：台湾诗学学刊（半年刊） 2. 台湾诗学论坛（季刊）	学刊：1992 年 12 月《台湾诗学季刊》创刊，2003 年 5 月改为《台湾诗学学刊》 论坛：2005 年 9 月	台湾诗学•吹鼓吹诗论坛 facebook 诗论坛
歪仔歪	1. 黄智溶 2. 社员轮流编辑	黄智溶、刘三变、张继琳、曹尼、一灵、詹明杰、何立翔、杨书轩、吴祚婷、钟宜芬 顾问：黄春明、杨泽、零雨、赵卫民、章健行	歪仔歪诗刊（一年刊）	2005 年	歪仔歪诗社
风球	1. 廖亮羽 2. 何佳轩、陈明豢 3. 刘原菘、叶相君、萧宇翔、郭逸轩、林宏宪、黄宜榕	廖亮羽、曾贵麟、刘原菘、林奇莹、方大宇、蔡振文、谢铭、何佳轩、德维、苏楷婷、吴浩玮、郭逸轩、林纰、萧宇翔、易采洁、吴昕迦、黄厚钰、陈琳、叶相君、吕佩郁、王信益、原、王群超、周骏安、洪国恩、施杰翔、蔡维哲、郑守志	风球诗杂志（季刊，2018 年起改为年度诗选）	2008 年	风球诗社/风球诗杂志

125

续表1

诗社名称	1. 社长 2. 总编辑 3. 主编	主要成员	期刊名称（类别）	正式成立时间	活动网站名称
好烫	1. 鹅鹅 2. 无 3. 煮雪的人	煮雪的人、鹅鹅、李东霖、Tabasco、离蕉、若斯诺·孟、小令、贺婕、不玉文	好烫诗刊（半年刊，纸本停刊，转型为podcast诗刊）	2010年7月	好烫诗刊 好烫诗刊：Poem-cast
野姜花	1. 许胜奇 2. 千朔 3. 无	江明树、许胜奇、灵歌、千朔、曼陀沙华、王婷、林瑞麟、陈明裕、刘晓颐、张家齐、迦纳三味、漫渔、黄木择、宁静海、至卿、朱名慧、鲁尔德、林夏慕尼、邱逸华、林家洪、陈夏星、瑄明、江文炕、陈福气、张育铨	野姜花诗刊（季刊）	2012年6月	野姜花雅集
台客	1. 吴锜亮 2. 刘正伟 3. 邱逸华	刘正伟、庄华堂、张捷明、吴锜亮、钟林英、赖思珍、黄贵清、王兴宝、曾耀德、赖思方、钟又祯、陈毅、黄咏琳、蔡健好、洪锦坤、张瑞欣、罗霭欣、黄贵月、珠廉、杜文贤、慧、慧行晖、邱逸华、朱名慧、郑如絮、吴丽玲、纪丽慧、若小曼、王情意、力丽珍、陈秀枝、廖圣芳、王情慧	台客诗刊（季刊）	2014年6月	台客诗社粉丝团 诗人俱乐部
人间鱼	1. 绿蒂 2. 石秀净名 3. 朱名慧、吕振嘉、吴添楷（轮流）	石秀净名、黄观、吕振嘉、吴添楷、衷丞修、程冠培、施杰原、Chamonix Lin	人间鱼诗刊（季刊）	2018年7月	人间鱼诗社 人间鱼诗社粉丝页

诗社主要成员大部分为年轻诗人的有歪仔歪、风球、好烫、人间鱼（仅石秀净名较老）四个诗社，除了有企业支持的人间鱼诗社维持季刊发行，其余歪仔歪、风球诗社为年刊，好烫诗社纸本停刊转为网络诗刊。

或许这体现出以年轻诗人为主要成员的诗社所面临的经费问题、经营经验与社会历练的问题。因为年轻诗人多初入社会，需将更多时间花在职场与家庭上面，经济状况也不及中老年诗人，而或许诗社诗刊能维持下去，是社团长期经营所首要考量的问题。

（二）诗人跨社的现象

观察上表中各诗社主要成员名单，我们可以发现老少诗人混杂的诗社——吹鼓吹论坛、野姜花、台客诗社，其成员许多有跨社的现象，如灵歌、曼殊沙华、王婷、刘晓颐、漫渔、至卿、宁静海、苏家立等人同时是吹鼓吹论坛、野姜花诗社的成员。

而成员大多为年轻诗人的诗社，除了人间鱼诗社挂名的绿蒂外，几乎没有跨社的现象，这或许是因为年轻诗人收入有限、时间有限，更大可能是否因为他们对所属社团的认同与支持？这有趣的现象对比，值得大家持续讨论与观察。

当然，在尊重、包容、理解的社会情境中，能者多劳，有能力多缴一些社费、多支持几个刊物的出版发行，我们都非常乐见与鼓励。但是否有同质性的影响，仍是值得思考的议题。

（三）网络经营之必要

从表1可知，21世纪新诗社几乎都是靠网络社群媒体兴起、串联与整合，网络平台以其发表方便与联系迅速所带来的便利性，让网络诗社蓬勃发展，功不可没。这是与20世纪老诗社经营与成员间联系上最大的不同，如今这个时代已经离不开网络的联结。

网络社群媒体平台的经营成本是最低的，基本除了人的时间精力的付出外，大多是免费。上述七个诗社至少都有一到两个自己社团经营的网络社交平台主页或网络社群，作者与读者可以实时互动，非常方便，也为诗社成员间的情感交流提供场所。

（四）纸本诗刊之必要

表1中七个诗社除了经营网络媒体，都曾经出版纸本诗刊，目前还有五家

诗社出版季刊、两家出版年刊（年选）。在新旧交替的风口，纸本的温度似乎仍是诗人无法忘怀的寄托。他们想方设法去争取经费资源，为同仁与其他诗人提供发表的园地。

诗刊的出版与否，似乎还是一个诗社能否存续与经营的观察途径，至少目前如此。毕竟网络仍有风险，例如 20 世纪的重要的新诗网站"诗路""pchome"等平台停办后几乎所有诗人的努力都瞬间消失。相比之下，至少纸本诗刊还可收入图书馆，藏诸名山。

四、期许

《新世纪新诗社观察》一书能付梓，要特别感谢萧萧教授和国文天地杂志社的美意与促成，能够花时间与精力在关注 21 世纪新诗社的诞生与发展上面，督促与鼓舞新诗社，也为未来学者研究新诗社提供资料与便利，相信世纪末的回顾与未来的新诗史定会记上一笔。

该书收入的七个新诗社中，最老的是 2005 年成立的吹鼓吹论坛，最年轻的是 2018 年成立的人间鱼诗社，以人类年龄来说都属幼儿到青少年阶段，要谈成就可能太早，尚有无限发展的可能。

或许每个诗社都有自己的风格正在成形。诗的形式是可以教的，但风格是无法学的。形式、框架是可以学习、模仿的，但风格与才气是无法交换或模仿的，因为每个人、每个诗社在世界上都是独一无二的存在，都有各自的想法与才情，这方面是无法学习的。在纪弦提倡的多元的"大植物园主义"百花齐放的原则与理想中，我们期盼各诗社既有合纵连横，也有良性竞争，为美丽的世界诗园贡献出更多的奇花异果。

因此，我们期许 21 世纪的诗人们坚持初衷、不忘初心，将新诗社诗刊经营下去，继续将时间、金钱与诗作，奉献给诗人们钟爱的缪斯女神，至死无悔。因为，唯有诗能与时间对垒。

论郑愁予诗中"马"的意象

郑愁予是华人世界著名的诗人，也是最受欢迎的诗人之一。诗人思维细致、感慨殊深、融汇古今，多汲取故国情调与海外异乡经验，持续创作不辍，令人感佩。

然论者多提及其浪漫题材与古典风格，以及山岳、海洋、故国等意象，似乎仍无人提及其诗中"马"的意象。"马"这一意象，在不同的诗作中皆有其不同的样貌呈现，有单纯形貌、声情表现、场域背景与内心活动的寄寓等，甚至是历史场景的跳转。本文试图通过《郑愁予诗集Ⅰ》《郑愁予诗集Ⅱ》《寂寞的人坐着看花》三部诗集中的作品，分析"马"这一意象在郑愁予诗中的表现与运用，兼述郑愁予诗歌创作历程的微妙流变。

一、用生命写诗的仁侠诗人

郑愁予，本名郑文韬，籍贯河北，1933年出生于山东济南。其父亲郑晓岚是国民党军官，曾任三军参谋大学教育长，郑愁予童年时期随父母征战转徙大江南北，避难途中，由母亲教读古诗词。初中二年级开始创作新诗，15岁参加北大暑期文艺营后正式在报刊发表诗作。

郑愁予1949年来台，跳级考入新竹中学高中三年级，毕业后考入台北大学前身"台湾省立行政专科学校"计政科（会统科），1955年7月，台湾省立行政专科学校与台湾省立行政专修班合并改制为台湾省立法商学院，后改制为中兴大学法商学院，2000年正式改制为台北大学。大学毕业后，郑愁予考入基隆港务局港口十四号码头工作，因此写了不少带有海洋意象的诗作。20世纪五六十年代因喜爱登山，留下不少关于山岳的诗作。刘克襄在《你所不知道的郑愁予》一文中指出，郑愁予的山岳诗与台湾的高山有着非常融洽、非常"缠绵悱恻"的关系，"唯因诗人的浪漫，这些山岳也增添了许多非与头的堆砌色彩。瞻前顾后,现代诗从未跟台湾的山如此缠绵过",可说他是写海洋诗与山岳诗皆出名的"包山包海"的诗人了。

郑愁予曾加入纪弦创立的现代派,与当时诗人交游密切。1967年赴美,获爱荷华大学艺术硕士学位,曾任教于爱荷华大学、耶鲁大学,后为金门大学讲座教授。诗人思维细致、感慨殊深、融汇古今,汲取故国与海外异乡经验,创作不辍,曾获文协文艺奖章、时报文学奖等。有《梦土上》《窗外的女奴》《衣钵》(合称《郑愁予诗集Ⅰ》),《燕人行》《雪的可能》《刺绣的歌谣》(合称《郑愁予诗集Ⅱ》),《寂寞的人坐着看花》等诗集。

明道大学为庆祝用生命写诗的仁侠诗人郑愁予八十大寿,在2013年举办了隆重的"郑愁予八十寿庆国际学术演讲会",并搜集近五十年(1967—2013)论述郑愁予诗作之重要论文七十余篇,出版了《传奇郑愁予:郑愁予诗学论集》(共四部)。台湾文学馆委由丁旭辉编选《台湾现当代作家研究资料汇编40:郑愁予》。这五本专书对郑愁予的生平资料、研究评论等,都有专门翔实的叙述与收集,实乃灿然完备。

但细观以上五本郑愁予诗学论集与汇编,我们会发现论者以讨论其早期作品《郑愁予诗集Ⅰ》为主,《郑愁予诗集Ⅱ》与《寂寞的人坐着看花》及以后的诗研究与评论,与前者相较简直不成比例,这是值得探讨的方向,或许本文的讨论可提供些蛛丝马迹。

我们如果仔细观察郑愁予的早期诗作,会发现他的诗含有纯真而深挚的情感,诗句简洁、清丽而优美,又常常带有淡淡哀怨的复杂情感。郑愁予早期诗作中除了有迷人的浪漫抒情、古典情愫与爱情想象外,还有日积月累的、浓得化不开的乡愁,既流露出如南唐李后主般落难流亡贵族的悲愤、忧愁与流浪心态,也有女才子李清照闺怨诗、思妇诗的况味。同时,其诗作中更多的是记忆里大江南北的山川阅历,和壮怀激烈的现代豪情,可见其创作主题的宽广。

上述题材与主题,以及山岳、海洋、故国等意象,论者多有提及。郑愁予尝自言是爱马人士,亦畜马玩马,似乎仍无人提及其诗中马的意象。本文试图分析"马"意象在郑愁予诗中的表现与运用,进而阐述郑愁予诗作风格的微妙流变。

二、传统诗歌与郑愁予诗中的"马"意象

马在中国传统诗歌中,多代表雄健、豪迈、威武或悲壮的意象。如《诗经·小雅·车攻》:"萧萧马鸣,悠悠旆旌,徒御不惊,大庖不盈。之子于征,

有闻无声，允矣君子，展也大成！"杜甫《后出塞》（其二）亦有"朝进东门营，暮上河阳桥；落日照大旗，马鸣风萧萧。"萧萧马鸣与风声混杂的状声意象，很好地渲染了氛围，让诗中的军容更显壮阔，场面更为浩大。

马也有寄寓之意，例如中唐早夭的天才诗人李贺，27岁便怀才不遇骤然死去，留下的连章诗《马诗》23首，即借助"马"意象来曲隐情志、讽咏诗意，将自己怀才不遇的心情放入咏马诗中，是传统咏物诗"托物言志"的高度表现。如李贺《马诗》（其一）："龙脊贴连钱，银蹄白踏烟。无人织锦韂，谁为铸金鞭。"该诗旨在"借此喻彼"，以马为喻，所要表达的是自我如骐骥般怀才不遇，而这个"自我"可成为一切心灵情感的投射。我们透过其《马诗》所看到的不只是马的遭逢困顿，更能体会到李贺内心的痛苦与感慨。而郑愁予的诗中，"马"多作为环境背景，似乎也没有咏马诗，马"沦"为其诗中的配角。然而这些配角在某些诗中似乎也有不得不出现的重要性，例如《错误》一诗，这是值得探讨的现象。

郑愁予曾自言其诗中有宋词的况味。苏轼的《定风波》："莫听穿林打叶声，何妨吟啸且徐行。竹杖芒鞋轻胜马，谁怕！一蓑烟雨任平生。料峭春风吹酒醒，微冷，山头斜照却相迎。回首向来萧瑟处，归去，也无风雨也无晴。"苏轼以竹杖芒鞋比拟乘马之快意，令人印象深刻。郑愁予的早期诗作多有宋词般短小、清丽、秀美的风格，如《情妇》《错误》《边界酒店》《天窗》等，颇受读者喜爱。

陈植锷在《诗歌意象论》中认为，诗歌意象基本上可从五个角度来分类：语言、心理学、内容、题材、表现功能。从心理学的"感知意象"上还可细分为视、听、味、嗅、触五种，每一首诗当然可以兼有多种意象，主要是采用的分类角度不同所致。分类的目的不在于区分各种意象的类型，而是要理解作者喜欢采用什么样的艺术技巧来展现自己的诗歌风格。例如郑愁予《错误》一诗中"达达的马蹄"，就是听觉意象（或许兼有视觉）。在咏物诗中，常可见诗人的意图与创作技巧：

> 从创作技巧而言，咏物诗重在物我交融，最高境界是要表现物我关系的不即不离，写物即写我，即物即我，即我即物的双写关系，其作用有三：一、借由所咏之物的形体、本质、功能、遭遇来抒发我之情。二、借由物相的特质、特色、作用表我之志。三、借由所咏之物表达天地间人事遭逢、愤懑、不平等。

郑愁予带有"马"意象的诗或许不一定是咏物诗,然创作技巧与上述咏物诗在物我交融与表现物我关系的不即不离方面,实则相去不远。王立在《千古文人伯乐梦——中国古典文学中的马意象》一文中,将"马"意象分为五个部分:骐骥原型与士不遇,宝马英雄模式与士人功业之志,龙马传说与马文化的神话内蕴,马、老马、慢马与马传说的雅俗整合,马意象审美指向与多重文化精神。综观郑愁予诗中的"马"意象,可能多属上述第二、第四与第五种,或许是因为郑愁予是实事求是的人,诗也多表现其个人经验记忆,带有个人气质与风格。

三、郑愁予诗集中涉及"马"意象诗之统计

郑愁予主要有《郑愁予诗集Ⅰ》《郑愁予诗集Ⅱ》《寂寞的人坐着看花》三本诗集,马意象的出现前期较多后期较少,这是值得探讨的方向,或许本文的讨论可提供些蛛丝马迹。

探讨郑愁予诗中"马"的意象前,我们有必要列出郑愁予诗集中涉及"马"意象的诗,以利后续探讨。

表1　《郑愁予诗集Ⅰ》中涉及"马"意象的诗

诗题	内容摘要	页码
想望	我想着那边城的枪和马的故事/北方原野上高粱起帐的季节	8
武士梦	依稀是儿时的风沙与刀马/还依稀是童年的誓言/去!杀汉奸……	29
残堡	百年前英雄系马的地方/百年前壮士磨剑的地方/这儿我黯然地卸了鞍	42
牧羊女	哪有姑娘不戴花/哪有少年不驰马/姑娘戴花等出嫁/少年驰马访亲家	45
	当你唱起我这支歌的时候/我底心懒了/我底马累了	46
黄昏的来客	是谁向这边驰来了呢/这里有直立的炊烟/和睡意朦胧的驼铃	47
琴心	第一次我卸下鞍剑系住马/为你;不是眼泪,不是笑/只是叮当的声响	51
乡音	我凝望流星,想念他乃宇宙的吉普赛,/在一个冰冷的围场,我们是同槽拴过马的。	119
错误	我达达的马蹄是美丽的错误/我不是归人,是个过客……	123

续表1

诗题	内容摘要	页码
度牒	那高悬薄翅的铁马,你要轻轻地摇/轻轻地,啊,那是我梦的触须	153
最后的春闱	被阻于参差的白幡与车马/啊,赴闱的书生,何事惊住了你?	185
编秋草	每想起,如同成群奔驰的牧马——/麦子熟了,熟在九月牧人的/风的鞭子下	190
寄埋葬了的猎人	感谢古老的驿马车终于带来消息,/她是向你,向天国投邮的人	194
厝骨塔	幽灵们静坐于无叠蓆的冥塔的小室内/当春风摇响铁马时/幽灵们默扶着小拱窗浏览野寺的风光	197
醉溪流域（一）	总比萧萧的下游好总比/沿江饮马的蹄声好	246
望乡人	塔纠结铁马成雷/笙的诸指将风捏为谶语/蝴蝶飞自焚梦的铜萧	285
春之组曲（一）春雷	春雷打在大地的砧上/一队空的马蹄等候/等候蹄铁等候花迹斑驳的石路/那时除了风壮士没有什么可以依靠	318

表2 《郑愁予诗集Ⅱ》中涉及"马"意象的诗

诗题	内容摘要	页码
读旧作竟不能自已	三十未死,却斑驳一如背负诗囊的唐马/止在陈列的地方/活着	36
远道	终不敢修书遣你/胡马岂敢放羁向北/只怕这信使饱饮窟泉/一直耽到风回年转	45
在希腊餐厅早餐	照荷马两字遽难描摹一位诗人已老/发须蓬乱无端似荷/行动迟缓怎地像马	137
独树屯	仿佛那箭行行行行射入远方的一个马群/奔驰嘶吼,铁蹄铮铮/接近,接近,群蹄在广场上纷沓停落/两只晃荡着的马灯像在喷燃着黄雾/整个广场像披着金光之袍动起来	178
访友预备	我有一匹白马是诗人赠的/我有一只舟是自己漂来/也许你羽化成浮游的鸟/我又有一片云彩随你上鹊桥	345

表3 《寂寞的人坐着看花》中涉及"马"意象的诗

诗题	内容摘要	页码
夜树十四行	黯夜开门/风雨一阵鞭打/是驰来迎接死亡的/预言中的马车?	22
	红快速地惊退了/黑夜还原/风雨鞭打的又是/死亡的马车	23

133

续表3

诗题	内容摘要	页码
VACLAVSKE 广场之永恒	穿越马门隐然听见古代马市的/嘶鸣声驻足风满怀袖/吐纳之际躯干亦随之宏大 俄顷大雨骤至如/一群又一群胜阵的惊马游奔满场	68
大地版画	大旆卷裹风声马队/衔枚低首待命者以戈矛定入/股慄的大地	82
草原歌	我奔在草原向远方追寻/那载乘童年的马与车 大戈壁沿着地表倾斜/有马卧在天际昂首如山	90 91
美自八方来	而一语道破这是金属的书法/写在天空便是风雷龙马	146
到阳明山看灯去	自黄河失守，渡江仓皇，武人多是折戟辱殁/因之高轩骏马，皆是乘理登龙的文士	184
爱荷华葬礼 2. 灵堂	牵着马在湍流中伫立/雪松沿着起伏的田畴/遮住通往远方的大道	202

上述三本郑愁予主要诗集中，《郑愁予诗集Ⅰ》收入1951—1968年共153首诗作，《郑愁予诗集Ⅱ》收入1969—1986年共143首诗作，《寂寞的人坐着看花》则收入1987—1993年共82首诗作。其中有关"马"意象的诗作，《郑愁予诗集Ⅰ》有16首，《郑愁予诗集Ⅱ》有5首，《寂寞的人坐着看花》有7首。

三本诗集总共有诗作378首，从下表中可看出各诗集中诗的数量及页数。

表4 郑愁予三本诗集诗作数量及页数对比

诗集名	总页数	诗作数量	页数/诗数比
郑愁予诗集Ⅰ	330	153	2.16
郑愁予诗集Ⅱ	361	143	2.52
寂寞的人坐着看花	223（238）	82	2.72（2.9）

从上表可看出，如果以《郑愁予诗集Ⅰ》《郑愁予诗集Ⅱ》《寂寞的人坐着看花》为早、中、后期的划分标准，明显郑诗早期诗作篇幅较中后期短。其早期诗作秀美的风格与较短的篇幅，或许也是比较受欢迎的因素之一，这一点值得后来的研究者探讨。

郑愁予诗集中关涉"马"意象的诗作所占比例见下表：

表5　郑愁予诗集中"马"意象诗作所占比例统计

诗集名	"马"意象诗作数量（占所有"马"意象诗比例）	该诗集诗作总数	该诗集中"马"意象诗作占比
郑愁予诗集Ⅰ	16（57%）	153	10.5%
郑愁予诗集Ⅱ	5（18%）	143	3.5%
寂寞的人坐着看花	7（25%）	82	8.5%
（总数）	28（100%）	378	7.4%（总平均数）

从上表中可见，有关"马"意象的诗作，《郑愁予诗集Ⅰ》有16首，占该类诗作总数的57%，为最多；其次为《寂寞的人坐着看花》，有7首，占该类诗作总数的25%；刚赴美时的主要创作集《郑愁予诗集Ⅱ》有5首，占该类诗作总数的18%，为最少。从上述统计分析可以看出，"马"意象在郑愁予创作生涯初期出现最多，占了几近六成。虽然如此，郑愁予有关"马"意象的诗作总共只有28首，与总数378首相比，只占7.4%，数量不能算多。

四、郑愁予诗中"马"意象的表现手法与运用

讨论郑愁予诗中"马"意象的表现手法与运用前，我们可以先归纳其"马"意象的主要实质内涵。为此，可先将郑愁予诗中的"马"意象概括地分为声情动态、神形寄托与场域背景三个大类。

表6　郑诗中"马"意象的类别及实质内涵

	诗题	声情动态	神形寄托	场域背景	实质内涵
郑愁予诗集Ⅰ	想望			✓	边城背景
	武士梦			✓	儿时记忆
	残堡			✓	边城背景
	牧羊女	✓	✓		回忆与寄寓
	黄昏的来客	✓		✓	背景
	琴心			✓	背景
	乡音			✓	回忆背景
	错误	✓			声情表现
	度牒	✓	✓		风铃
	最后的春闱			✓	场域背景

续表6

	诗题	声情动态	神形寄托	场域背景	实质内涵
郑愁予诗集Ⅰ	编秋草	✓		✓	回忆场域
	寄埋葬了的猎人	✓			消息传递
	厝骨塔	✓		✓	风铃
	醉溪流域（一）			✓	场域背景
	望乡人	✓			风铃声
	春之组曲（一）春雷			✓	背景
	诗题	声情动态	神形寄托	场域背景	实质内涵
郑愁予诗集Ⅱ	读旧作竟不能自已		✓		寄寓与咏叹
	远道			✓	边城背景
	在希腊餐厅早餐		✓		寄寓与咏叹
	独树屯	✓		✓	比喻与想象
	访友预备			✓	回忆
	诗题	声情动态	神形寄托	场域背景	实质内涵
寂寞的人坐着看花	夜树十四行			✓	背景
	VACLAVSKE广场之永恒	✓		✓	背景、大雨
	大地版画			✓	背景
	草原歌			✓	童年回忆
	美自八方来	✓			风雷雨电
	到阳明山看灯去			✓	讽喻、场景
	爱荷华葬礼2.灵堂			✓	背景

从上表可看出，郑愁予诗作中，"马"意象实质内涵为声情动态的只有《牧羊女》等11首，为神态形体与精神寄托的有十首，场域背景有12首，当然也包括一首诗里面兼有两种以上者。下面试分析其主要实质内涵。

（一）声情动态

郑愁予带有"马"意象的诗作中，"马"作为声情意象的有《牧羊女》《错误》等11首，《牧羊女》是《旅梦》录像专辑中谱曲传唱的一首诗歌，其中的少年驰马与姑娘戴花的动静对比，丰富了诗歌的意境。该诗以少年唱牧歌的热情表现当时的美好情景，结局却充满失落感，"当你唱起我这支歌的时候/我底心懒了/我底马累了"，表现的是分离后的回忆、无奈与失落，展现出少年深深怀念牧羊女的落寞情境。"我底马累了"以马疲累的意象展现少年（诗人）疲累的形象。

郑愁予诗中"马"意象的表现，最引人注目的当然是《错误》一诗。该诗被选入教科书，2013年由明道大学萧萧、白灵、罗文玲编著的《传奇郑愁予：郑愁予诗学论集1·〈错误〉的惊喜》论文集，就是针对郑愁予闻名遐迩的成名作《错误》一诗的赏析与评论的专集，足足有两百多页，未选入的论文数量可能不止于此。

《错误》与《客来小城》原来都是"小城连作"的组诗，《错误》一诗以其淡淡的闺怨愁绪与不完美的结局而广受喜爱，成为经典之作：

> 我打江南走过
> 那等在季节里的容颜如莲花的开落
>
> 东风不来，三月的柳絮不飞
> 你底心如小小寂寞的城
> 恰若青石的街道向晚
> 跫音不响，三月的春帷不揭
> 你底心是小小的窗扉紧掩
>
> 我达达的马蹄是美丽的错误
> 我不是归人，是个过客……

这首诗的结构安排巧妙，像一出戏的序幕般，将第一段两行挪降两格，描述了故事发生的江南场景，青春美丽的女子在等待，而诗行的绵长也代表等待时间的漫长。第二段诗行形式则像一座紧守的小城般结构扎实，描述的是女子如这座小小的城般的守贞，以映衬其等待盼望之苦与空寂的心，为结局的逆转做铺垫。第三段描述的是女子苦苦等待的马蹄声终于到来，由远而近的马蹄声似女子期盼的怦怦心跳，然而这男子并非其良人，马蹄声迅即远去，留下空欢喜一场的女子，这就更令人扼腕与叹息了，从而制造巨大的戏剧张力。末尾的省略号在此也有图像诗画面呈现的意涵，就如远去的马蹄的蹄印般，扬长而去……

《错误》一诗描写女子从满怀的期待到巨大的落空，马蹄声代表马的声情意象与动态意象就更显重要了，马自古代表着雄健与浪漫的形象，可以连接古今、出入东西，试想如果诗中以"轰隆的火车声"或"叭叭的汽车声"代替"达达的马蹄"的话，前面作者辛苦铺陈的古典意象与浪漫场景，就全毁了。陈大为说："原属刚性意象的'马蹄'，在他笔下也不会是千军万马奔腾之势，只是一行偶然单薄蹄声，它的功能是在拨动静止意象丛，驱动此诗的情感和情节。"因此，马的声情意象与动态意象成为此诗剧情中最重要的配角。

《郑愁予诗集Ⅰ》里其他描述马的声情动态意象的还有《黄昏的来客》，"是谁向这边驰来了呢/这里有直立的炊烟"，虽没提到是哪种动物载具，但自古"驰"字多代表马奔驰的动态意象。《寄埋葬了的猎人》一诗里的驿马车，也属此类单纯的马奔驰的动态意象。

《郑愁予诗集Ⅱ》的《独树屯》中"奔驰嘶吼，铁蹄铮铮/接近，接近，群蹄在广场上纷沓停落"等诗句，主要在描写漫天大雾的气势。《寂寞的人坐着看花》中的《VACLAVSKE广场之永恒》里"俄顷大雨骤至如/一群又一群胜阵的惊马游奔满场"，也是以马群来表现大雨气势磅礴的动态意象。

《美自八方来》一诗中，"而一语道破这是金属的书法/写在天空便是风雷龙马"，描述了诗人到台中仰观铜楚戈所受到的震撼，《周礼》中有"马八尺以上为龙"的说法，因此多以龙马指骏马。而我国的成语常有前后呼应、前后互注或前后互证的传统，其诗写"风雷龙马"，龙马意象是形容铜楚戈如书法写在天空中，如风雷雨电般酣意畅快。

《编秋草》中，诗人忆起北方故乡秋天麦子成熟时的景象，"每想起，如同成群奔驰的牧马——/麦子熟了，熟在九月牧人的/风的鞭子下"，在风的鞭子下，麦浪就像成群奔驰的牧马般，黄沙滚滚、此起彼伏，这是多么传神的想象与比喻！将麦浪比喻成成群的牧马，其声其形非常壮观，让人仿佛置身其中、身临其境。

"马"的声情意象与动态意象展现方面，有三首诗中出现了特殊的"铁马"，分别是：《度牒》"那高悬薄翅的铁马，你要轻轻地摇/轻轻地，啊，那是我梦的触须"；《厝骨塔》"幽灵们静坐于无叠蓆的冥塔的小室内/当春风摇响铁马时/幽灵们默扶着小拱窗浏览野寺的风光"；《望乡人》"塔纠结铁马成雷/笙的诸指将风捏为谶语/蝴蝶飞自焚梦的铜鼎"。三首都出自《郑愁予诗集Ⅰ》。"铁马"在现代多形容脚踏车，但是在古代多指称"风铃"，古时多以铁片或铜片制成马形状的风铃挂在屋檐。郑愁予这三首诗中的铁马意象都指称古时的风铃，这也是比较特殊的地方。

（二）神形寄托

郑愁予诗中"马"意象的表现与实质内涵中，神态形体与精神寄托方面的作品主要有四首，分别是《牧羊女》《度牒》《读旧作竟不能自已》《在希腊餐厅早餐》。《牧羊女》《度牒》两首诗，前文已有讨论，《牧羊女》中"我底马累了"，马疲累的意象是诗人（少年）疲累形象的投射。《度牒》一诗中多是回忆的愁绪，"那高悬薄翅的铁马，你要轻轻地摇／轻轻地，啊，那是我梦的触须"，度牒是以前官方发给僧尼的证明文件，诗人以此诗回忆往日与朋友的交游，看到了风铃忆起故友，诗人想象"要轻轻地摇"那高悬薄翅的铁马，就能在风铃声中、在梦中与朋友相逢了，颇有唐代诗人张九龄"海上生明月，天涯共此时"的意涵。

《读旧作竟不能自已》有深刻的寄寓，"三十未死，却斑驳一如背负诗囊的唐马／止在陈列的地方／活着"，诗人在此将自己比喻为"背负诗囊的唐马"，唐朝是中国封建社会与诗歌的鼎盛时期，背负诗囊的唐马，就有了与唐三藏同赴西域取经的唐马（白龙马）意象，正如诗人赴西方（美国）留学，但对社会现实却有无能为力之憾。诗人过了三十未死，却"止在陈列的地方活着"，暗喻读旧作后，却只能缅怀过去的光荣而无所作为，忧国忧民之心让人动容。

《在希腊餐厅早餐》一诗叙述了诗人在希腊餐厅吃早餐时的慨叹与想象，"照荷马两字遽难描摹一位诗人已老／发须蓬乱无端似荷／行动迟缓怎地像马"，荷马是古希腊传说中著有《荷马史诗》的失明吟游诗人，诗中将荷马两字拆解，以行动迟缓、老态龙钟的老马意象，譬喻自己心态形态的老迈之感。而其时（1982年），诗人不过五十岁而已。

在世界诗坛享有盛誉，屡获国际大奖而数度与诺贝尔文学奖擦肩而过的叙利亚诗人阿多尼斯（1930—　）在《我反对与世界媾和》中说：

> 作为诗人，我要表达思想和意义，所使用的方式就是诗歌语言。有人认为，很不幸的是，人的语言无法表达诗人想表达的一切。但我认为这恰恰是诗人的幸运。现成的语言不能很好地表达意思，所以他就必须诉诸隐喻和意象，而对隐喻和意象的运用，可以赋予诗歌和语言更广泛、更深刻的空间。[①]

[①] 阿多尼斯：《我反对与世界媾和》，载《南都周刊》，2013年11月27日第16期。

而郑愁予在隐喻和意象的运用方面,尤其是其早期的诗作,一直有很好的表现与奇想,从而赋予诗歌和语言更广泛、更深刻的空间。阿多尼斯又说:"诗歌不是答案,而是问题。它所呈现的不是岸,而是波浪。读者身处波浪中,要自己去探寻答案。"① 郑愁予在诗中对自己抛出的问题,常可使我们产生共鸣,也让我们反躬自省,从而寻找对人生的感悟与解答。如在《读旧作竟不能自已》与《在希腊餐厅早餐》中,诗人从环境冲击和想象出发,引出自己面临的问题,从而寻求解答,这个寻求解答的过程,或许就是人生意义追寻的过程。

(三)场域背景

郑愁予三本诗集中有关"马"意象的诗作,表现场域背景的有20首,为最多。如《想望》"我想着那边城的枪和马的故事",《武士梦》"依稀是儿时的风沙与刀马",《残堡》"百年前英雄系马的地方",《黄昏的来客》中《琴心》"第一次我卸下鞍剑系住马",《乡音》"在一个冰冷的围场,我们是同槽拴过马的",《最后的春闱》"被阻于参差的白幡与车马",《编秋草》"每想起,如同成群奔驰的牧马——",《醉溪流域(一)》"总比萧萧的下游好总比/沿江饮马的蹄声好",《春之组曲(一)》中的《春雷》"一队空的马蹄等候/等候蹄铁等候花迹斑驳的石路",《远道》"胡马岂敢放羁向北"、《大地版画》"大旆卷裹风声马队/衔枚低首待命者以戈矛定入"、《草原歌》"那载乘童年的马与车"等,多为边塞、边城场域背景的意境烘托与古典意象的呈现,且多在《郑愁予诗集Ⅰ》(十首)中出现,这说明其早期的诗作多为浪子游侠与怀乡怀古主题的浪漫抒情诗。

例如诗人第一首有关"马"意象的诗《想望》(摘录):

> 我想着那边城的枪和马的故事
> 北方原野上高粱起帐的季节
> 我想着
> 那灰色的城角闪金的阁楼
> 一步一个痕迹的骆驼蹄子
> 而我也想着江南流水的黄昏
> 湘江岸上小茶馆的夜

---

① 阿多尼斯:《我反对与世界媾和》,载《南都周刊》,2013年11月27日第16期。

和黔桂山间抒情的角笛……

《想望》一诗首段以"推开窗子/我们生活在海上"开头，阐述诗人当时的时代处境，忽然间大地风云变色，就懵懂地到了宝岛，然而对故乡的想望却是如此清晰。马和枪、高粱和骆驼，都是北国意象；而诗人也想望着江南的黄昏和西南黔桂山区的角笛，可见诗人年少时随父母转战大江南北的阅历之丰，使其后来诗作的故国意象绵延不绝，一如他诗中的句子"回忆是希望的蜜啊"，此可谓清代诗人赵翼《题遗山诗》中"国家不幸诗家幸，赋到沧桑句便工"的写照。

除了《厝骨塔》《访友预备》不易分辨时代与地域背景外，其他真正可归属于西方"马"意象的大概只有《独树屯》《VACLAVSKE 广场之永恒》《爱荷华葬礼 2. 灵堂》《夜树十四行》四首。《独树屯》中"奔驰嘶吼，铁蹄铮铮/接近，接近，群蹄在广场上纷沓停落"等诗句，主要描写漫天大雾如群马，与爱荷华郊区的独树屯这个地方其实人口为零形成鲜明的对比。《VACLAVSKE 广场之永恒》里"穿越马门隐然听见古代马市的/嘶鸣声驻足风满怀袖/吐纳之际躯干亦随之宏大"，描述自己到布拉格旅游穿越马门而引起的思古幽情，"俄顷大雨骤至如/一群又一群胜阵的惊马游奔满场"，诗意随即由古代转化到眼前，接着描写大雨的磅礴气势。上述两首诗主要都以盛大的马群意象，来表现雾或大雨气势磅礴的动态与背景场域。《爱荷华葬礼 2. 灵堂》主要以"牵着马在湍流中伫立"的孤寂意象，表现对亦师亦友的保罗·安格尔的逝去之不舍。而在《夜树十四行》中，"黯夜 开门/风雨一阵鞭打/是驰来迎接死亡的/预言中的马车？//倏然 闪电抽击/通亮的夜路上/竟是一株红盖的大枫树/这却像送嫁的马车/颠簸出/新娘的哽咽//红 快速地惊退了/黑夜还原/风雨鞭打的又是/死亡的马车"，诗中的死亡马车与幽灵马车等大多是西方的死神接引或送葬的意象，而东方尤其中国的出殡队伍多是人力抬棺。《夜树十四行》中主要表现暗夜中风狂雨骤、闪电抽击的意境，甚为恐怖，恐怖到让诗人有面临死亡威胁的想象。

综上所述，郑愁予诗中"马"意象的出现背景与场域，仍以故国情调、北方风情为主，欧美等西方场域背景的相关诗作实为少数。

五、结语

本文从郑愁予的三本主要诗集《郑愁予诗集Ⅰ》《郑愁予诗集Ⅱ》《寂寞的

人坐着看花》出发,讨论其中出现的 28 首带有"马"这一意象的诗作。综观其诗中"马"意象的表现与实质内涵,相关诗作以中国浪子游侠与怀乡怀古的浪漫抒情风格为多。诗人虽旅居美国甚久,但与西方的"马"意象有关的诗作只有寥寥 4 首,似乎仍旧是杨牧眼中"用良好的中国文字写作,形象准确,声韵华美,而且绝对地现代的"中国诗人。

但对比上述 28 首诗作,可以发现其"马"的意象多出现在早期的《郑愁予诗集Ⅰ》中,相关诗作中的浪子情怀、故国情调与热情浪漫的诗绪,以及众多的山海意象,或许都是使其成为经典的因素。

笔者沿着郑愁予诗中达达的马蹄重新细读其所有诗作,不禁想起沈奇对其中后期诗作的评论:

> 纵览之下,其整体展现的精神空间反显小了,几已成为纯粹的"私人空间",而写诗也随之成为普泛生活的记录,成为一些淡淡漠漠送答记事的工具。……先前灵动飞扬的意象多为观念所缠绕的事象所替代,抒情转为陈述乃至述析,而又缺乏内核凝定的统摄。一咏三叹华美韵律也转为宣叙性的滞缓散板,智性不断地浸吞着先有的灵性,语言由情侣降为工具,只是书写而无共吟同咏的情味了,缱绻芳菲的诗魂随变为空泛清淡的诗型言说。[①]

沈奇的苛评,或许也是所有创作者应引以为警惕与自省的逆耳忠言,或许也是众多读者对郑愁予中后期诗作的看法吧!

痖弦以一部《痖弦诗集》定调,郑愁予也早以一部《郑愁予诗集Ⅰ》入列经典,但是郑愁予仍服膺自我的路向,坚持自己的气质与风格,持续创作不辍,精神可佩。1967 年赴美后,或许受西方环境与文化的冲击影响,诗风大变,所作多为酬酢赠答和旅游记趣等诗作,且多有语言贫乏、词句繁冗之弊,而有损清丽舒畅之美。不过仍有《寂寞的人坐着看花》里少数台湾小品系列等让人惊艳之作,如《书斋生活·卷五·网》:

星期一的岑寂
星期二的岑寂
星期三的三重岑寂

[①] 沈奇:《美丽的错位》,《台湾诗人散论》,尔雅出版社,1996 年版。

窗前蜘蛛最为知悉
是它的网
把大千的市声
兜住的

  郑愁予是迷人的。期待诗人站在经典之上，返老还童、返璞归真，重拾年轻时的热情与潇洒，与缪斯爱恋，与永恒拔河，让达达的马蹄持续奔跑下去，再攀诗路的高峰。

2014年笔者与郑愁予合影（台北大学）

北渡与南归的二律背反：
评温任平诗集《衣冠南渡》

马来西亚华裔著名诗人温任平最新诗集《衣冠南渡》[①]，充满了中华诗人优秀的抒情传统风格，其作品沿着历史与想象的足迹，展现了中华文化的影响、马来西亚本土现实的冲击、西洋文学的激荡，突出表现为理想与现实的交煎、原乡与故乡的拉扯、文明与在地的冲突的二律背反。本文意在探讨这些不同文化与文明对作者造成的影响和冲击，以及他如何在诗与文学中寻求心灵的安顿与解脱。

《衣冠南渡》收集了从2018年5月4日《百年五四》到2020年3月20日《下载》共170首现代诗，分为"玄奘烤饼""华山七十二峰""村上春树与卡夫卡""染发进城""从这雪到那雪""静观雪崩"六辑。诗集附注创作日期、以时间排序的做法非常好，让读者可以随着作者步伐的流动，按图索骥，一窥历史的究竟。

"衣冠"读音 yī guān，是一个汉语词汇，本义指衣服和帽子，引申义为士人、缙绅、名门世族。《管子·形势》："言辞信，动作庄，衣冠正，则臣下肃。"古代士以上戴冠，"冠"常用以指士以上人的服装。《汉书·杜钦传》："茂陵杜邺与钦同姓字，俱以才能称京师，故衣冠谓钦为'盲杜子夏'以相别。"颜师古注："衣冠谓士大夫也。"唐代李白《登金陵凤凰台》诗："吴宫花草埋幽径，晋代衣冠成古丘。"此借指文明礼教也。诗，本来就是主观、自我的产物，温任平自诩为"衣冠南渡"的马来西亚华人，以《衣冠南渡》作为诗集名，其指涉、借代与隐喻性非常明显。中华民族五千年优秀文明带来的自豪感，文明的优越感与文化乡愁，全世界华人都一样，中华文明与传统文化深植每个华人的内心。

[①] 温任平：《衣冠南渡》，秀威资讯科技股份有限公司，2021年版。

北渡与南归的二律背反：评温任平诗集《衣冠南渡》

一、从北渡到南归

马来西亚华人总数约664万，占总人口的22%，是海外华人聚集最多的地方。东南亚华人多为广东福建籍侨民，向来关心祖国发展以及中华文化的传承与传播，甚至曾踊跃参加辛亥革命，支持孙中山复兴中华的志业。然而毕竟是寄人篱下的身份，不免时常感觉命运多舛。读温任平《衣冠南渡》中的诗作，特别能够感受那种他乡客卿的复杂心绪与有志难伸、怀才不遇的喟叹。

提到马来西亚华人现当代文学，就不得不提到一组"兄弟档"：一位是现代马来西亚华文文学教父级的人物温任平（温瑞庭，1944— ），另一位是中国现代四大武侠小说名家之一，即与金庸（查良镛，1924—2018）、古龙（熊耀华，1938—1985）、梁羽生（陈文统，1924—2009）齐名，写《四大名捕》，目前在中国大陆发展的温凉玉（温瑞安，1954— ）。温瑞安在台湾创办神州诗社，继而引发的轩然大波，至今都让那一辈人惊奇。[①] 为何说温任平是马来西亚华文文坛教父级的人物？原因是张爱玲说的："出名要趁早。"温任平1958年开始创作，并在《通报》发表第一首诗《晚会》。1967年他成立绿洲社，1973年创立天狼星诗社并担任社长，引领他弟弟温瑞安与一大票年轻同仁研究传统中华文化，并学习现代文学的创作，从此驰骋文坛，影响力遍及华人文学界。温任平亦于1981年与音乐家陈徽崇策划马来西亚华人第一张现代诗歌的唱片与卡带《惊喜的星光》，与年轻同仁们在马来西亚大小城镇巡回举办歌曲创作演唱会。程可欣曾说："现代诗这一股风潮，后来也随着我们进入了马大校园，更引发第一场本地创作歌曲发表会……这些都是我们当年在小镇弹弹唱唱始料未及的。"[②] 亦如台湾当时由余光中引领民歌运动一般，温任平借由歌曲，将现代诗传播至广大的民众，功不可没。

温任平从中学教职退休后，除致力诗作教学与推广诗活动外，仍创作不

[①] 台湾师范大学中文系教授林保淳曾在《神州忆往》一文中追忆他在台大中文系上课初识温瑞安等人的情况："温瑞安的出现向来是声势惊人的。犹记那是乐蘅军老师的'现代散文及习作'，课堂上原是座无虚席，但当温瑞安率领神州诗社的一行人进入之后，他们各据一角，争先恐后地向乐老师提问，口齿之流利，事理之清晰，仿佛间魏晋玄谈之精彩重现于兹，整个讲堂上突然间空廓起来……同学们结舌瞪目，惊得整个人、整间教室都呆住了，对初出茅庐的我而言，温瑞安是个'梦魇'……我心虚内愧，惶惑难安，简直觉得自己根本没有资格来念中文系。"引自林保淳：《神州忆往》，载《文讯杂志》，2010年4月第294期，第106页。另可参阅李宗舜：《乌托邦幻灭王国》，秀威资讯科技股份有限公司，2012年版，第11~32页。

[②] 程可欣：《天狼星诗社》，载《蕉风月刊》，1998年第484期，第70页。

辍。他不仅写诗，还写散文、文化评论，在当地多家报社担任专栏撰稿人，因为网络的发达，世界各地的华人还可第一时间读到他的诗作或评论，其中常常有让人惊叹的观点，这是读者之福。他引领马来西亚华人文学走向蓬勃发展的道路，创作成果丰硕，有诗集《无弦琴》《流放是一种伤》，散文《风雨飘摇的路》，评论集《马华文学板块观察》等。评论他的专著或论文也非常多，其中，谢川成、朱崇科等人的评论与研究①，以及温任平自己的《从北进想象到退而结网：天狼星诗社的野史稗官》②，都值得一读，对了解天狼星诗社的发展与温氏的创作背景和写作历程，都将有莫大的助益。

出于历史原因，各地华侨多主张维护传统文化氛围，具体可参见温任平《从北进想象到退而结网：天狼星诗社的野史稗官》："天狼星诗社的北进想象，也即是组织一个跨国的，以台北为知识资源中心的文学团体，这计划在一九七三年已见端倪。诗社重要成员由于认同焦虑、文化孺慕有'再汉化'（resinolisation）的倾向。"东南亚的华文文学受中国台湾的文化传统与现代文学影响颇深，温任平与他引领的团体也不例外，或许"天狼星诗社"取名是受余光中《天狼星》长诗的影响。他们自然也受余光中等蓝星现代诗人们抒情传统、追求纯诗与推动诗教的影响，如果说余光中是台湾诗坛祭酒，那么说温任平是马来西亚华文文坛祭酒，又有谁曰不宜呢？

言归正传，了解了马来西亚华文文坛与温任平的创作处境与背景，相信再谈其《衣冠南渡》诗集，将能更深入理解其情境与诗境。温任平的《衣冠南渡》共收入170首诗，就主题与内容来看，主要分为三种：本土性（马来西亚本土性与现实性）、中国性（文化乡愁）、前两者皆有。排除与此三者无关的《村上春树与卡夫卡》《冬季奥运》《巴菲特名言杂锦》《卖火柴的男孩》，还有166首，其中兼具本土性、中国性者共64首，单具本土性者55首，单具中国性者47首。下面，笔者以温任平诗集中的前10首为例，对其中的主题与内容进行对比分析：

---

① 谢川成：《马来西亚天狼星诗社创办人：温任平作品研究》，秀威资讯科技股份有限公司，2014年版。

② 温任平：《从北进想象到退而结网：天狼星诗社的野史稗官》，秀威资讯科技股份有限公司，2015年版，第153~183页。

表1 《衣冠南渡》前10首诗之主题

诗次序	诗题	马来西亚本土性	中国性	两者皆有	诗作相关内容
1	百年五四			√	所有的旧杂志,都可能是当年的《新青年》,所有的
2	中午有诗			√	想起天问惜誓与九歌
3	玄奘烤饼			√	也是那匹从磨坊带出来一径向前走的白马
4	楚汉			√	楚汉对峙,四十载于兹人生一瞬,他成了巨侠我成了社长
5	新红楼梦		√		带上墨镜,我便去到未来髻鬟分两边,我便是宝玉
6	一念成诗			√	把文字又搓又捏 姿态,中国式的搓汤圆
7	吉隆坡	√			吉隆坡,如果你静下来它们就菲林般倒退
8	两个爱斯基摩人			√	我们的祖先是西藏与蒙古之间? 我们的文化在匈奴与契丹之前?
9	邮局	√			让位,微笑换来感激 傻瓜那么沉默深刻
10	一二八感恩胜利集会隔天	√			鸽子把露台的辣椒籽啄去啄走民粹主义的情绪

从表1中可见,《衣冠南渡》前10首诗中,主题与内容具有马来西亚本土性的有3首,占比30%;具有中国性的有1首,占比10%;两者皆有的共6首,占比60%。从中可发现,大部分诗作是从中国性的思考出发,或是中国性与马来西亚本土性的杂糅。与其早年创作比较,或许更能发现其诗作主题从理想性趋向现实性或两者兼容的转变。

下面笔者将该诗集中具有马来西亚本土性、中国性,以及两者皆有的诗作进行综合统计:

表 2 《衣冠南渡》中本土性、中国性、两者皆有主题之诗作

主题与内容	诗题	总数
本土性	吉隆坡、邮局、一二八感恩胜利集会隔天、一二八胜利集会反思、晨起记事、岁末纪事、族裔文化交流论述、2019 年卦象、我对园艺没兴趣、狗的忧郁、立春、延误、致 Winnifred Wang、二月十六日记事、二月十六日记事二、Pallete、童话、这一生会过去、从黑到白的城市距离、跨越、江湖、八宅风水、背弃、惯犯、医院、绝前十四行、看不见的城市、报贩出家、哭墙、三组俳句、Roland Barthes、七十五寿宴、偶尔发现、尺蠖、甲型流感、从这雪到那雪、Postscript、湿冷天气、陈徽崇 Persona、一叶障目、南洋大学、豹虎、榕树、马齿苋、保安人员与鼠辈、情人节座右铭、纸箱、卧佛、念念不忘、诗人联盟诞生、级长威权论、会议恰恰恰、方向看风向、六行、食客速递员的遭遇	55 首
中国性	新红楼梦、青玉案、刺王安石、鄮都城、腊月初四南京下雪、崇祯醉酒、卧底看王安石、读史：轻触、中美贸易战：最新消息、石蒜花开、雷锋惊蛰、潼关、晨起惊闻两宫焚毁、鱼肠剑、屯门诗、元朗、新版刀剑笑、龙门客栈、现代诗：中国篇、南北少林、阿飞正传、青霞仍在、三间大夫的记忆、华美将萎谢、遥望齐州九点烟、苏小小、吃了汤圆好做官、宿莽咏、八大山人、十分车站、田园主义、一九七三：台北听纪弦诵诗、李莲英自况、读七等生、鲁智深：圆寂、水浒、武汉、离开红磡、风雪山神庙、国民公敌、爱在流感蔓延时、庚子拳乱、李师师、留辫不留人、康熙与西学、宦海、奉皇帝口谕	47 首
两者皆有	百年五四、中午有诗、玄奘烤饼、楚汉、一念成诗、两个爱斯基摩人、冬至恋歌、一觉醒来、小寒洗冷水浴、寻找林泠、Secret Recipe 高峰论坛、秘方：找个墙角静静睡去、文学批评、一瞥、出席儒家思想研讨会有感、春醒初醒、初春勃起、华山七十二峰、看戏、水落石出、晴雯摺扇、衣冠南渡、隧道、志忐香港行、吉隆坡 AQI 202、吉隆坡 AQI 219、双城记、雨夜行、又一城：结束营业、青苹、车过美罗、己亥端午、小雪后第三天、明天是霞月初一、火烧红莲寺、翻译吉隆坡、IMAGINE、历史之旅、兰花指累、染发进城、桃花扇、中外提福：总理衙门、十里村白蛇传、Beyond 未能超越、万花落尽、与曹禺不期而遇、七十五寿宴、声乐训练、从半岛到岛、大寒、张大千、庚子新年、编目学、台湾校园民谣、李商隐的隐喻、个人病历、七颗石、静观雪崩、绣春刀、蝗虫有自己的理想、哀曹植、纪伊国屋书店、清晨悼杨牧、下载	64 首
其他	冬季奥运、村上春树与卡夫卡、巴菲特名言杂锦、卖火柴的男孩	4 首

148

表 3 《衣冠南渡》中本土性与中国性主题诗作综合统计

	本土性	中国性	两者皆有	其他	总数
数量	55	47	64	4	170
占比（％）	32.4	27.6	37.6	2.4	100

根据上表的统计，单纯就其诗作的马来西亚本土性与中国性来比较，前者占 32.4％，实际已经超越后者（27.6％）。读者也可以比较该诗集与温任平之前诗集中作品的主题与内容的变化。此外，该诗集中独具本土性的诗作（32.4％）与两者皆有的诗作（37.6％）之和（70％），也超越独具中国性的诗作（27.6％）与两者皆有的诗作之和（65.2％），这或许也体现了作者的一种时间历程与人生经历的转折，需留待有心人士另外专章讨论。无论如何，本土性与中国性两者兼具的诗作，是占比最多的。

二、马来西亚本土性的主题与内容

该诗集中，主题与内容单独具有马来西亚本土性的诗作，多记日常生活琐事或感怀。例如他于 2019 年 11 月 1 日写的《八宅风水》：

在槟邦，品尝客家酿豆腐苦瓜
曾经想过兴国安邦，不成
筹划卖酿豆腐起家，不成
想在 Sungai Ara 垂钓，不成
坐着看西北两侧的花卉
东西屋宅的近距离交会
烧肉炒面可以化煞
葱姜蒜可以去邪
咖啡利尿
枸杞补血
我在天医延年的八宅
纵论天下，成抑不成？

《八宅风水》中虽有"在槟邦，品尝客家酿豆腐苦瓜"的诗句，但主要是写作者的日常生活，恐怕这客家酿豆腐苦瓜也早已在异乡落地生根了，变成南洋风的客家日常食物之一,因此仍归本土性诗作来看。诗中写了诗人的理想与憧憬:兴国安邦、卖酿豆腐起家、在 Sungai Ara 垂钓,却都不成,晚来只能"在天医延年的八宅/纵论天下"。诗人忧国忧民,满怀抱负理想,现实却很骨感。成抑不成?自在人心。又如《立春》:"我听到春天窃窃私语/它在联络花草树木,密谋政变/推翻陈规恶习,打倒老朽专制……"诗人满腹经纶,也如屈原满腹牢骚,诗写日常,兼抒己怀足矣。

诗写日常,如写于 2019 年 12 月 31 日的《食客速递员的遭遇》:

> 食客速递员为饭盒心烦意乱
> 他手上有顾客的,三个地址
> 地球的地址,大自然的地址
> 未来的地址。他的摩托车
> 穿过大街小巷,包括半山芭
> 包括蒂蒂旺沙,蒲种甲洞云顶
> 下一站是云端,然后是月亮
> 下一站是鸟瞰的高尔夫球场
> 兜兜转转,他来到了火星剧场
> 无人汽车与飞机相撞
> 一天花雨,碎片散落
> 新年的烟花,父亲静静阅报
> 母亲在厨房做饭,他在路上

《食客速递员的遭遇》一诗描写的是马来西亚外卖送货员骑着摩托车穿过大街小巷的状况,现代社会中,商业服务与手机应用使人们的生活更方便,但底层工作人员的辛苦,似乎仍是一样,只是换个行业、换个方式罢了。这首诗以云端、月亮、兜兜转转,暗示外卖小哥忙得昏头转向,他日日夜夜兜兜转转的形象跃然纸上。新年的烟花灿烂,似乎与他无关,"母亲在厨房做饭,他在路上"等诗句用语平淡却产生强烈的对比与张力,只有父母亲无尽的等待,或许可以给他一些温暖的期待。温任平这首诗中没有控诉或指谪什么,只是呈现,希望社会、政府能关注,因为贫富不均、工时问题、弱势保障等,都是全球共同面临的问题。

温任平写于 2020 年 1 月 24 日的《Postscript》:"离开美罗三十年,银城沦陷/离开怡保二十年,花园消失于无形",写自己消逝的岁月与在地的

"乡愁",在经历了人生的种种,终于体悟:"现在我什么都有,也什么都没有,只剩下诗的花朵开了又开",当一个人洗尽铅华、历经沧桑,最终会发现《华美将萎谢》:"华美倾斜,而我一生追求的/美好,在你眼前,在我身后//瞬间萎谢",名与利如浮云,或许只有藏诸名山的、呕心沥血的诗,才是诗人最后的安慰与寄托,唯有诗人的精神,唯有诗能与时间对垒。

三、中国性——文化乡愁与大中华情结

从主题与内容单独具有中国性的诗作来看,如果不是早已知道温任平是马来西亚华裔诗人的话,读者会以为他就是生活在中国,没有距离,因为他的思考与生活,似乎都是中国式的。例如写于2019年12月2日的《现代诗:中国篇》:

> 公交车经过大陆某市镇
> 公安局那栋大楼红字漆着
> "警民合作来去圆满"
> 公交车U转,大家都唬住
> 交通岛上有个广示牌
> "方向错误回头是岸"
> ⋯⋯⋯⋯

《新版刀剑笑》写于2019年11月28日:"他是逃出嵩山少林寺大火的/俗家弟子,天涯浪迹、潇洒是假的,浑噩是真的/放下刀剑,伸手投足/无非花拳绣腿,写诗之后/豪情壮志,化作纸上云烟/落叶归根,哪里有根?"诗人以少林武侠、一群反清复明的武林好汉的后裔自况,想落叶归根,但上哪里去寻根呢?接着笔锋一转至心事自喻:"他活了七十六载,找不到一个子弟/笑谈渴饮匈奴血,啊,是冬天的雪",至今竟无一个继承衣钵足堪大任的弟子,其午后诗成不禁大恸,悲从中来,让人心不禁为之动容。

该诗集中,主题与内容单独具有中国性的诗作不在少数,如作于2019年1月16日的《卧底看王安石》"刺王失败,天下鼎沸/一大盘热粥,在大街小巷/流窜,烫伤文武百官无数/我是东厂督主,一身武功/无意江湖,用心社稷",《读史:轻触》"读史令我神伤/回去唐宋吧/英明的唐玄宗,走到一半/走

进来，浴后的杨玉环/就开始沉迷腐烂"等，多为咏史抒怀，或梦回经典与古人切磋酬酢较量一番，或意有所指，诗作功力施展不易。

四、本土性与中国性兼具的诗作

温任平诗集中主题与内容表现兼具马来西亚本土性与中国性的诗作数量较多，符合他固有的创作风格。理想（中国性）与现实（本土性）二律背反的拉扯与对立，时常制造出电影换镜蒙太奇手法般的变化，展现出强烈的对比和时空张力。例如《吉隆坡 AQI 202》："远山含泪，可是不见轮廓/远景含笑，那是苦中作乐/有朋自远方来/约我喝早茶吃点心/把车子驾出去/一路迷路/糊糊涂涂/去了蓬莱、瀛洲、方丈/才知道神山全在渤海/比邻山东省青岛/吉隆坡仿似/美丽的烟台"，近景与现实是吉隆坡的有朋自远方来，远景和想象的神山胜水，却在美丽的蓬莱、青岛和烟台，诗人乐于将南洋想象成美丽的烟台，那令人向往的美丽中华。

谢川成、朱崇科在研究中指出，屈原、端午与故国意象一直存在于温任平的诗中、生活中与血液里。如《车过美罗》："我在美罗找美罗/在美罗河畔想象那是汨罗"，诗人将他在马来西亚的家乡美罗，想象成汨罗，如果在古代，或许他就是屈原、李白、杜甫、王安石、苏轼这类忠孝节义、行吟江湖的士人。他在《隧道》一诗中说："我的一生，是沉默温静的/剑鞘，镌刻了龙的图案/鱼的鳞片，鱼等着回家/回到挥洒自如的大海/已等了好几个世纪"。诗人身在南洋却"镌刻了龙的图案"的宿命，如龙鱼般对故国母土充满"回家"的想象与盼望。因为他始终认为，"屈灵均是站在河的上游，而我们是站在河的下游，是一个古老传统的承续"[①]，那古老的文化传统，似乎是华人血液里根植的、无法抹灭的基因。

《衣冠南渡》一诗写于 2019 年 7 月 10 日，"剧情"从作者一家五口穿越"官渡之战"的想象（隐喻先人们的迁徙）开始，到历经"永嘉之乱，五胡乱华，八姓入闽"等战乱更迭，民族南迁、衣冠南渡："仓皇出走，斜睨绵亘十里的残荷/惊悟，我们是过河卒子/放下峨冠博带，收拾细软/携带雨具拐杖，走向南方/没有回头路"。因战乱、家国动荡而仓皇出走，仿佛我们都是历史洪流中惊惶的一群，从此"落番"（东南亚华人自谓下南洋为"落番"），没有回头路。这首诗宜与 2019 年 12 月 16 日写就的《历史之旅》连读：

[①] 温任平：《流放是一种伤》，天狼星出版社，1979 年版，第 163 页。

随着一群游客，匆匆忙忙
走过杜甫草堂，赴新安，转石壕
来到潼关，见过三吏
翻开三别，反映盛唐动荡
早在安史之乱
开元励治，怎么竟成了
天宝淘宝，在华清池
与妃嫔捉迷藏

纵身一跃，抬望眼
巍巍骊山，不远处
是张学良挟持蒋介石的西安
山海关沦陷，东三省沦亡
中原大战，日军屠城的疯狂
都展售在迁台后，台风后
旧日武昌街的周梦蝶书摊
其中数册，不巧流落南洋

《历史之旅》诗短情长，匆匆忙忙繁复的历史在诗中只一瞬即跳跃而过，这就是诗意象运用的魅力。旧日武昌街周梦蝶的书摊"其中数册，不巧流落南洋"，仿佛这些苦难与历史，都经由书籍的传递而延续传承到南洋诗人温任平手中。诗的篇章结构、语法修辞与伏笔转折，机锋安排得恰到好处，时间与空间的跳跃，场景的转换，恰到好处。让人读后拍案叫绝。

写于2020年2月8日的《个人病历》，展示了他年轻时仰慕中华文化而与"长安不见使人愁"的台北文坛交往的经历，让人不胜向往：

怀念台湾，症状属于三无：
无以名状，无以复加，无中生有
一九七三年赴台，十五天的盘桓
三年寤寐辗转的返祖想象
五年的文化代入身体力行

出版《黄皮肤的月亮》
评论集《精致的鼎》六百处错误
疵漏无数，进入健力士世界名榜
高信疆走了，洛夫痖弦赴美加
台湾，剩下温柔敦厚的李瑞腾
谦逊睿敏的詹宏志，新批评健将
颜元叔不辞而别，我与夏志清
刘绍铭，鱼雁往返，一张薄笺
此后，北雁南飞自展翅
四十载过去……梦里咸阳
电视剧长安，WAZE 找不到
布城吉隆坡，没有这些地方

当时作者对台北文坛无限向往，《个人病历》中写的那"无以名状，无以复加"的症状，没有经历过的人是无法体会的。温任平纵有"北进想象"，但因家庭与工作等羁绊而只能"退而结网"，或许是冥冥中天注定，北进想象却由他的弟弟温瑞安与一班年轻社员转化为"神州诗社"替他实现。后来温瑞安由北进而西进，终究是一种华人的寻根之旅。"北进想象"与"退而结网"，无形中由温任平、温瑞安两兄弟分别实现，不能说不是另一种圆满。而这一切，寻根溯源，不能不归功于温任平的起心动念。

五、结语

温任平是"衣冠南渡"的马来西亚华人，中华民族五千年优秀文明带来的自豪感，那种文明的优越感与文化乡愁，全世界华人都一样，华夏文明与传统文化深植每个华人的内心。读温任平《衣冠南渡》等诗集，特别能够感受那种他乡客卿的复杂心绪与有志难伸、怀才不遇的喟叹。我们随着他诗中的步伐，得窥他的种种经历。中华文化血液的流淌、马来西亚本土现实的冲击、西洋文学的激荡、理想与现实的交煎、原乡与故乡的拉扯、文明与在地的冲突的二律背反，在他的诗作中得到突出展现。文化与文明的尖锐矛盾与冲突，复杂纠结的情境，时时刻刻冲击着他，于是他在诗与文学中寻求心灵的解脱与安顿。

屈原、端午与故国意象一直存在于温任平的诗中、生活中与血液里。居住地马来西亚的现实性局限，与理想性的中国原乡文化乡愁，恒常在他诗作里纠结、冲突、对立或者和谐，往往因错位而产生巨大的戏剧性效果或张力。人生七十才开始，作为马来西亚华文文坛"教父"，相信他仍将一如既往、无畏无惧、笔锋如剑，继续引领风骚、号令群雄、叱咤风云。

廊下铺着沉睡的夜

——叶红女性诗论

叶红祖籍四川渠县,创作生命短暂而精彩,当同辈诗人纷纷占据制高点时,她才刚从耕莘文教院出发,起步虽晚,却成绩斐然。她以心灵上的自我解剖,用温婉而自我的语言与笔调,留下三本主要的诗集。

本文拟从彷徨的自我、不确定的爱情观、矛盾的情欲观与亲情的抚慰四个女性思维与面向出发,探讨其第二本诗集《廊下铺着沉睡的夜》试图建构的远离喧哗尘嚣、专属于女性的温婉纤细的自我情境。

一、寻根探源

叶红,本名黄玉凤(1953—2004),籍贯四川渠县,1953年2月18日生于台北。大学毕业后,曾任中学教师、耕莘文学剧坊艺术总监、《旦兮》杂志主编、河童出版社社长,以及耕莘青年写作会秘书长、副理事长。曾获耕莘文学奖新诗首奖以及散文、小说奖,耕莘青年写作会1996年度杰出会员奖等。作品入选《可爱小诗选》《中华新诗选》等多部诗选集。有诗集《藏明之歌》《廊下铺着沉睡的夜》《红蝴蝶》《濒临崩溃的字眼感觉有风》,编有《卡片情诗选》等。

初步观察,我们会发现她的作品有一个特色,就是"易读费解"。此处的"易读"并非单指其诗语言简单,可以一目了然,而是指其语言干净清爽,不卖弄艰涩的文字游戏或艰难拗口的生僻字,容易"诱使"读者轻易走入诗人作品的花圃围墙边,想更进一步窥探花园中的繁花异草;此处的"费解"并非指其诗作难懂而不可感、不易解,而是指读者需运用一些同理心、同情心,和作者保持同样的心境,去感悟诗人内心深处细微敏感的秘密活动与耕耘,才能体会隐藏在文字诗意花园藩篱后面那些细微的感触与悸动。

在世纪之交,台湾"50后"的女诗人们纷纷拥抱女性主义,在诗作中张扬以女性意识为主体的情欲书写,而叶红却以她特有的婉约抒情笔法,默默地耕耘着她自己认定的诗艺的理想花园,默默地构筑自己诗想的理想国。本文试图拆开叶红诗艺园圃的篱笆围墙,寻根探源、按图索骥,引领新诗爱好者一窥作者在独自默默耕耘的秘密花园里栽植的奇花异果。

二、自己的花园——解析《廊下铺着沉睡的夜》

在台湾"50后"诗人群中(不论男女),叶红起步甚晚,当同辈诗人纷纷占据制高点时,诗人才正要从耕莘出发。是否后发先至,仍待评断,但是从她主要的三本诗集观察,几乎所有的作品,都离不开一个"情"字,从"友情""爱情""亲情"到"情欲",似乎都围着"情"字打转,试图以温婉的、冷眼旁观式的笔法,建构其个人的风格与特色。这是她的特色,也是她的局限;这是她的风格,也是她的成果。

她所建构的缪斯花园,似乎正要开始开花结果;诗艺与诗作,几乎要成功登顶了,她却离开了,到了天国,留下几亩诗意的花园,供我们梳理与观赏。叶红一贯地以她特有的婉约抒情笔法,默默地耕耘着她自己认定的诗艺的理想花园(其中不乏情欲书写,但也是婉约内敛的)。《廊下铺着沉睡的夜》远离喧哗的尘嚣,试图建构专属于女性的温婉的自我情境。笔者将从下列四个面向(亦谓她的四个花圃)出发,窥探作者心灵深处的秘密花园。

(一)彷徨的自我——无题

人有悲欢离合,月有阴晴圆缺。人们待人处事有时成功,有时失败,成功与否,端赖是否能够临危不乱、处变不惊,尤其在商场闯荡,灵活敏锐的判断力与果敢的决断力是非常重要的。叶红的诗作,呈现的却几乎不属于上述任何的范畴。她缓缓诉说、娓娓道来的,都是她心灵深处非常私密、非常自我的情感呓语,似乎与世隔绝、与他人无涉。

《藏明之歌》是叶红的第一本诗集,似乎预告了诗人如此以自我心灵私密花园为主述对象的风格之开展,《廊下铺着沉睡的夜》亦继续这个风格。这本诗集中的诗歌几乎都围着"情"这个字打转——个人的心情、爱情、亲情与情欲等,似乎都与社会现实、国家大事、世界变化无关,关心的议题与对象、范围非常小,小到只以自我、私我为中心。然而,这不正代表了世界上大部分生活圈狭小、交游范围有限的、沉默的家庭主妇甚或其他女性内心深处的感受与想法吗?这不就是我们大部分自以为是,以国家民族存亡为关怀、为职志的男性大沙文主义者（有女性主义者谓之"沙猪"）所长期忽略的吗？

让我们试着来了解女性常有的纤细想法与常怀着的彷徨心理。例如叶红的《无题三行》：

二
照镜子……
才一失神，赶紧伸手抓住
差一点飘出镜框的自己

三
站在天平上，顾后瞻前
无论如何都量不出
一生的两端哪头重

四
握一支钓竿
在心中垂钓

谁是愿者？

五
梦中，纵身一跳
就在空中自由翻滚

嗯，醒来试试

《无题三行》组诗共有六首三行诗，上面选取了其中的四首。如此短诗常常只能承载吉光片羽或片段的奇想（或歧想）。诗题曰无题，并不代表无主题，却常是诗人掩人耳目的替代品。这里的无题，作者欲以诗作为载体，为读者提供共感共鸣的可能，当读者借由作品与作者产生共鸣，则无题内隐含的诗题自然会浮现于读者的脑海。

《无题三行》第二首以照镜子写出身为女人爱美的一面，也带出女人心思细密、爱幻想的另一面，常常揽镜自照、自艾自怜，却也常因幻想而"失神"。

失神，代表不受控制或非理性的想法（或精神的出轨）、冥想。第二行"才一失神，赶紧伸手抓住"代表理性还是及时抓回了"失神"的镜中人，那"差一点飘出镜框的自己"，"镜框"代表着理性或道德的框架。第三首的彷徨感更明显了，天平无论如何都量不出哪端比较重，这里的"一生"可以代表一生中的任何事，包括亲情、爱情、友情……"顾后瞻前"代表着彷徨的自我，常常分不清"一生"中的种种情感是负债还是盈余。

第四首以钓鱼作比喻，但是在心中垂钓，目标就不是鱼了，或许以感情来解读更切题。然而，要钓些什么呢？要勾些什么饵才好？答案是如姜太公钓鱼"愿者上钩"。但也可能"对象"反而是诗中隐身的钓者，而"我"才是叙述者笔下的"鱼"——谁，才是"我"愿意投身的对象？第五首诗从梦出发，叙述在梦中才有的自由或是解脱，梦恒常是现实的反讽或寄托，当现实不可能时，人们常借由梦或梦想来达到期望或得到满足。叶红这首诗也是一样，借梦来呈现诗人（尤其是女性）在现实生活中的束缚与不自由（或是身心的束缚，或是道德上的羁绊），使得诗人在梦中才得以自由翻滚。但是结尾却留下彷徨与犹豫不决的伏笔"嗯，醒来试试"。醒时真敢尝试？或是试过了吗？答案在作者心中，也留给读者去想象。

从作者取为书名的代表作《廊下铺着沉睡的夜》中，也嗅得出作者自我彷徨的隐喻，诗作中频频出现这种特质，是否代表着现代大多数女性的心理状态（面对众多的选择或诱惑而产生诸多难以抉择的彷徨心理）？我们且看《廊下铺着沉睡的夜》：

廊下铺着沉睡的夜
就像尝过佳酿一样
悄悄卧出了
丰腴众神的密度
一片残酷的美

在潜意识深处
看一场孤独的追逐
奔波的转角
戛然停格
一定做错了什么
瞄准晦涩的疆域

以某种试探
　　穿过哗然的空间
　　紊乱的时序
　　经不住端详
　　在废墟中黯然残喘

　　《廊下铺着沉睡的夜》是一首静态的、属于心灵活动层面的诗。诗开头即以沉睡的夜显示出独自享受、独自体验的静谧感，这是最易使人辗转反侧与引人遐想的时刻。然而这夜却是在作者眼前铺展开来的，或许是观赏夜色或月色的感触，使作者眼前廊下的景致就像尝过佳酿醇酒一样的美人，让人感到满足与陶醉。然而廊下躺卧着的我，却有另一番心思与感悟：眼前使人陶醉的夜色让人联想到，就算如东西方高贵神圣的诸神，呈现出来的也只是美的假象而已，背后有多少不为人知的辛酸与残酷的现实，人间何尝不是如此？

　　此诗第一段以五行起兴，第二段却以十一行感发，在潜意识看一场孤独的追逐，不就是自我的追逐吗？在奔波追逐的转角却"戛然停格"，"十字路口"与"转角"等词在现代诗中常常被用于表现"抉择"或"彷徨"，作者笔锋在此"戛然停格"为的就是张望与试探——"以某种试探/穿过哗然的空间/紊乱的时序"。"哗然的空间"代表空间的错位，"紊乱的时序"代表失控或出轨的行为。最后的"废墟"与"残喘"代表的是不圆满，虚构或追求的爱情城市已成废墟，而这历程是残喘的、疲累的，一切都经不住"端详"，亦即仔细观察反省之后，曾有的失序或彷徨，一切都"黯然"失色，终于醒悟。

　　（二）不确定的爱情观——爱情和它的流言

　　人，是感情的动物，亦不免有各种情感的牵挂与羁绊。人的一生数十寒暑，所遇到的人何止万千，个体间灵魂的交感或交流，强度与契合度日日不同，心仪或倾心的对象、知己不在少数，以至于人们终其一生，几乎免不了会有单恋、初恋、热恋、失恋与婚后的心动（精神的或肉体的）等情感上的波折。例如叶红在《宠儿》一诗中说"爱神的葡萄叶/形象太唐突/不能直接指涉/轻轻抚摸和/拥抱一条海岸线//庄严的声音振动着/只能有一点偷情的气息"，偷情似乎是不宜直接指涉与揭露的，因为它是对现存的爱情（婚姻）的背叛，这是从确定的爱情（婚姻）观走向不确定的爱情观的开始。

　　然而，自古东方女性，尤其是中国女性，受到传统的礼教束缚，在两性关系的处理与异性交往中，面临许多隐形的枷锁与道德的框架，徒增彷徨感与挫折感。从女诗人叶红的作品看来，她也不得不常常因此隐身作品幕后，试图以冷静、事不关己的笔法，施展障眼法术，写出自己或周遭情感的化学变化。因此，我们可以在其作品中，察觉其时常不经意露出的不确定的爱情观。例如《爱情和它的流言》：

> 爱情走了
> 我在窗前挥手
> 雨下得真早
> 时间，再不肯回头
>
> 挂在墙上的钟，只说
> 分针换了换角度
> 就把流言传给门后的伞
> 撑开久旱不雨
> 直瞪着雷声轰然落地
>
> 如果爱情还没走远
> 或许也会听到
> 雨中断断续续的
> 流
> 言

本诗描写男女分手后，爱情走了，却还留下断断续续流言的不堪。诗中首段描写爱情走了，"我"却还念念不忘，仍在窗前挥手，"雨"在诗中常是泪的代名词，"雨下得真早"，代表分手真快，出乎女主角的想象，而美好的时光是不会倒流也不会停留的。第二段作者用了许多分手与不祥的代名词（或谓代言人），例如"钟"有替爱情"送终"或爱情"终了"的意涵；"分针"有分别的意味，彼此交会的方向有了分别；"伞"亦有"散"的含义；"雷声轰然"代表着晴天霹雳，延续第一段所暗示的分手真快的意旨。最后，诗人阐述"如果爱情还没走远"，代表爱情（爱人）确已走远；"或许也会听到/雨中断断续续的/流/言"，"或许也会"代表不会，不会听到雨中断断续续的流言。这是多么不堪的描述啊！爱情走远了，独留"我"孤独地承受断断续续的流言——如果是正常的爱情，大部分人理应对两人分手感到惋惜，只有不正常或悖德的爱情，

161

才会受到别人的指指点点,听到"断断续续的流言"。叶红此诗反映出,同样是出轨,当下的女性仍比男性承受更多的不公平的道德压力,传统的价值观仍在产生影响。

爱情带来甜蜜,也带来痛苦。如果需要"借口",是否使人受伤,是否使人不堪?叶红的《借口》说"能不能不哭/假如可以重来/相遇就故意走开"。爱情,有的人享受过程,有的人重视结局。就如对待婚纱,悲观的人与喜悦的人有着两种不同的看法。且看叶红的《婚礼》:

> 披上白纱
> 捧着羞怯等待
> 过期的诺言
> 疲倦由轻薄
> 渐渐变得厚重
>
> 快放开我
> 婚纱已成白色的梦魇

婚姻,就如同钱锺书的小说《围城》里说的一样,外面的人拼命想攻进来,里面的人拼命想冲出去。这首《婚礼》诉说着全天下多少女性被婚姻的枷锁束缚的悲哀,一切的憧憬与期待,多少的承诺与誓言,都被生活的重担与观念的隔阂消磨殆尽。爱情并不随着婚姻而走入终点,反而是另一个阶段的开始,爱情像股市一样起起落落,或涨或跌都随双方投入的程度而变。爱情,永远是一个无法确定的变数。

(三)矛盾的情欲观——情欲记事

擅写情欲诗的女诗人江文瑜,常以各种谐音来传达言外之意,语出惊人,挑战传统观念。相比之下,叶红的情欲诗就温婉多了,她在《廊下铺着沉睡的夜》诗集中有一辑《情欲记事》,共 12 首诗,其中并没有惊世骇俗的诗句,反而有隔层面纱的感觉。例如《爱语》:"挂在窗檐的叮咚/迟迟疑疑敲不着/遗落在喉尖的定音锣//放弃唇齿的摩擦后/爆炒豆子的温火也淬的有声"。这里描述的爱语,是愤怒的争执还是偶尔拌嘴(唇齿的摩擦),是小炒(吵)还是大炒(吵)?恐怕只有当事人才知道了。

由此可见,叶红的情欲诗是温婉的、充满暗示的,我们再来看看她隐藏在

"怪念头"后的情欲书写,例如《情欲记事》:

> 复制怪念头并不碍事
> 只求失控地浸蚀着掠夺
> 完全地弥漫光和热
> 拥着白日一起消融
>
> 在夜里吸吮中
> 放射说不出的复制
> 复制

这首诗中,很明显白天和黑夜的"对象"并不相同,白天似乎比夜晚美丽,但是这想象的怪念头(欲念)在夜里、在吸吮中,似乎是想复制白天的"对象"。这是非常自我矛盾的想法,这是有了不确定的爱情后才有随之而来的矛盾欲念。

在传统意义上,"蝴蝶""花蝴蝶"常常是女人或情欲的代称,而《蝴蝶》一诗也很能描摹现代女人的心境:

> 爱人光鲜的手掌,像蝴蝶
> 裹一身情欲奔放
> 带着扑朔迷离的影子
> 在葡萄园里流浪
> 忙着抚触月亮的柔媚,又
> 饥渴地揉捏狂野的太阳
> 而它
> 从不在我寂寞的眼中
> 张望

《蝴蝶》里的蝴蝶,是明喻,"爱人光鲜的手掌,像蝴蝶",充满着情欲奔放性感的一面,却有着扑朔迷离的身影,深深吸引着"我"的目光。然而,这蝴蝶却不断在各种温柔与狂野的感情世界(葡萄园)里追逐,像蝴蝶般在花丛间飞舞,采了一次花蜜就又继续穿梭在花丛中,从不在"我"寂寞的眼中流连与张望,诗人借此诗比喻爱人追逐情欲却不坚贞。

爱情与情欲似乎是孪生姊妹,形影不离。叶红的情欲诗似乎是温婉的、"老少咸宜"的,就算情欲暂时"失控",也只是"爱恋就此,放纵无声地/燃烧"或是互相"吞噬",如《祭品》:

翘首为即将到来的
仔仔细细地梳洗
发颤的手握不住
精心地打扮

临刑前,死囚的准备
祭品赤裸裸地
收拾只去不回的
这趟

打扮是为了让
恋人痛快地吞噬
同时吞噬
恋人

该诗第一段描写女人约会前的心思与打扮,面对未知的前景不知所措,因而紧张发颤。然而心中却是笃定的,或许感情已经进展到了一定程度,该是可以全心全意付出的时候了,赤裸裸的"我"就如临刑前的死囚,有"必死"的无悔与笃定。末段"让/恋人痛快地吞噬/同时吞噬/恋人"不就是情欲的隐喻吗?男女热恋时,是盲目且疯狂的,痛快地互相"吞噬"。

(四)亲情的抚慰——花鹿

在叶红上述三本诗集中,描写亲情的诗相对较少,但都是温暖而正面的,尤其是写给宝贝儿子的诗,处处显露出母性的光辉。在《背影——给爱儿》一诗中,作者重复以反语"讨厌自己,总爱/目送你的背影""讨厌自己/微笑多半时候/为了你的/背影"明言讨厌,实则喜欢,令人不禁也感受到这种甜蜜的氛围。

在《廊下铺着沉睡的夜》里只有两首写给儿子的诗,以及一首或许是写给双亲的《归乡的小路》,这在整本诗集共 62 首诗中,比例是极少的,值得玩味。试看另一首《花鹿——庆吾儿祥宝十二岁生日》：

> 飞跃啊花鹿
> 你多歧的犄角，就像
> 森林里秘密的小路
> 总在最美的地方
> 转一个方向
> 你把端庄顶在头上
> 红珊瑚在海里等待
> 每一个血痕斑斑的闪亮
>
> 是谁把你的身影
> 留在我心爱的书上
> 泥地上未干的蹄印
> 仿佛一朵朵写在
> 云端的吉祥
> 我要系一个愿望
> 在高高的天幕上
> 永远遮住
> 猎户星座在暗夜里
> 叫人发慌的光芒

　　在儿子12岁生日时，诗人写了《花鹿》这首诗作为庆祝。花鹿是美丽而温驯的动物，深得人们的喜爱。花鹿在野外或草原上是弱小而天真的，诗人以此比喻儿子，实理伏有身为母亲担心的意味。"你多歧的犄角，就像/森林里秘密的小路"，青少年叛逆时期的想法，就像花鹿头上多歧的犄角，也像森林里秘密的小路，稍不注意就容易误入歧途，我可要时时呵护与注意啊！然而你端庄优雅的举止，也像在海中等待成长的珊瑚，总会在历经岁月的磨炼后长大与成熟。第二段写出母亲对儿子全心全意的付出与关爱，就算在闲暇读书时，书本中映现的还是爱子的身影。儿子的脚步仿佛花鹿的蹄印，诗中由蹄形联想到祥云，然后联想到比祥云更高的猎户星座。最后担心猎户星座散发的光芒，大概是联想到猎人的箭芒，唯恐对花鹿有威胁与危险。这首诗写出了所有母亲的担忧与愿望，恨不得能永远庇护着儿女平安成长。这是叶红少数跳脱曲折的爱情与情欲书写的诗作，直接描写了母子的互动，展现了母性光辉的一面，有其正面的意义。

三、结语

《廊下铺着沉睡的夜》是叶红的第二本诗集，可以说是其第一本诗集《藏明之歌》的续集，诗人向阳为其作序，言道："叶红的诗，自有一种冷冷的孤芳，似乎是要以她的抒情抵抗后现代社会的断裂、疏离与破碎。"又说："叶红诗作中的特质，也有着对于当代消费结构中人的本质的思索，而又十分集中地展现在对人类情与欲的反省之上。本书中五卷诗作，几乎都与情爱中的人性、神性、兽性的探讨有关。"这似乎可以视为该诗集的导言。《撒旦的部队》与《撒旦的梦魇》等以撒旦为代表的黑暗面向，以及爱情、情欲等意象，也陆续从第一本诗集"偷渡"到第二本诗集。这是其局限，也是其特色与试图建构的风格。

诗人几乎都是主观的，其创造力是无法量化的。诗人号称"第二个上帝"，唯恐步人后尘或袭用既有的现代诗套语，而急于建构自己的风格与特色。但若题材与语言无法突破，则易陷入自我前设的囹圄之中而不自觉，这是诗人须自我警惕与突破的，因为反复沿用自己的意象或语言与袭用他人的又有何异？

但是叶红也有其成功的地方，就是她勇于在诗中温婉地表现自己的爱情、亲情、情欲与忧郁——勇于面对心灵深处陷退的幽暗，也勇敢地表达暗潮汹涌的爱情与欲望，这在充斥着虚伪与做作的现代社会中，是难能可贵的。

然而，她却离开以至于到了天国，留下几亩诗意的花园，供我们梳理与观赏。似乎她在第一本诗集《藏明之歌》里就已经预言自己的郁积的心情："忧郁的舞步说/灯留下的黑应慢慢旋转/等我的思念找到明天的温柔/自杀在你不知荒凉的脚尖"，又说"熄灭的形/挥散了自己的影子/而形灭多好/莲/在心中点灯"，一语成谶，她悠悠地说"形灭多好"，并在自己的花园里栽下一朵朵的莲（诗），在我们心中绽放。

"小资女"的写实诗：女诗人邱逸华创作论[*]

一、前言

台湾女诗人邱逸华，自称"小资女"，近来崛起于诗坛，台湾清华大学中文系、中正大学犯罪防治研究所硕士，现为高中教师，目前担任脸书（Facebook）"诗人俱乐部"管理员、《台客诗刊》执行主编，作品持续发表于各诗刊。

邱逸华曾获2015年桃园市儿童文学奖新诗第一名，但在2017年《台客诗刊》与脸书网站"诗人俱乐部"联合举办台客一到十行诗奖前，笔者孤陋寡闻，并不认识这位女诗人。然而，她特殊的写实风格与对创作的执着，一再让人惊艳。本文拟就她新近获奖的部分新诗作品，评论她的取材、写实风格与创作论。

二、台客诗奖作品论

2017年6月开始，为了推广诗艺与宣传《台客诗刊》，并推动新诗的普及阅读与创作，《台客诗刊》开展了一到十行诗奖的评选活动。台客"一行诗"奖共收到参赛稿件1351首，经七位评审员初审、复审选出十位十首作品，其中最让笔者惊艳的是邱逸华的《汤圆》：

包藏的欲望露出破绽，快给我滚[①]

---

[*] 本文原载于《华文文学评论》（第七辑），四川大学出版社，2020年版，第175~185页。
[①] 邱逸华：《汤圆》，载《台客诗刊》，2017年9月第9期，第122页。

在台湾，汤圆主要有两种，一种是小汤圆，一种是包馅汤圆。《汤圆》一行诗中，有包馅汤圆的实体具象，煮汤圆时急切的心态，以及诗的言外之意——"滚"字双关语，一是表面实写煮汤圆时的沸水翻滚，二是隐含对追求者不怀好心而露出破绽后喝令其"滚开、走开"的讽喻的意象。将诗的多义性在一行的短短篇幅里表现出来，实属难得。

台客诗奖举办的两年半中，邱逸华积极参与，总共获得一、三、四、五、七、八、九、十行，共八次诗奖，诗作的入围数目，是除了马来西亚华裔诗人无花以外最多者，彼此的竞争甚为精彩，也让人感受到创作竞赛的激烈程度。后来主办单位邀请她成为台客同仁，并担任执行主编一职，她无不尽心尽力完成任务，并时时开创新局面，让人敬佩与期待。

除上述一行诗外，我们来拜读邱逸华的其他获奖作品。这些作品无不展现出她对新诗创作的热情、学习的积极性与写实的风格：

爱的呢喃越来越短
感伤的音节长满骨刺
失去母亲的语调，每句话都疼
——《失语》（台客"三行诗"得奖作品）[1]

《失语》一诗的主角是母亲，人都会面临自己与亲人的生老病死，当母亲年老患上失语症时，我们该如何面对？"感伤的音节长满骨刺"，作者将老年人的骨刺病痛置入诗中，这"卡顿"的感伤的音节就像长满的骨刺，是母亲的也是儿女的哽咽，每一句越来越短的呢喃，或者喃喃自语，都让身为子女的我们心疼，"每句话都疼"，都刺痛着。邱逸华这首三行诗像匕首一样，以普遍的写实意象激起共鸣，直指人心。

风干的日子，足够
忘却心肝肚肠的空洞
伤口撒再多盐，无益
我们已不能有更海的记忆
——《咸鱼》（台客四行诗得奖作品）[2]

---

[1] 邱逸华：《失语》，载《台客诗刊》，2018年3月第11期，第140页。
[2] 邱逸华：《咸鱼》，载《台客诗刊》，2018年6月第12期，第163页。

我们看到咸鱼总想到"翻身",这首诗也让人联想到夏宇的《甜蜜的复仇》:"把你的影子加点盐/腌起来/风干/老的时候/下酒"①。这首诗充满写实风格,邱逸华的诗总是植根于生活,于生活中有宽阔的联想。《咸鱼》表面写咸鱼与制作过程的具体形象:风干、挖空的肚腹、撒盐、离开海水,如果"海"代表的是宽阔的回忆与爱情,那么"伤口撒再多盐,无益/我们已不能有更海的记忆",海在此已不是海,而是"多""深远"等修辞的替代,实则也可以是对逝去"记忆"的追念与释然。

> 总是沙哑地呜咽
> 将众生排斥的涩苦咸恶,尽往肚里吞
> 只在受垢了那天
> 呕出腥酸的阿摩尼亚
> 以一道深喉咙,为存在抗辩
>
> ——《马桶》(台客"五行诗"得奖作品)②

《马桶》是日常生活中的卫生设备,日日肌肤相亲,我们总是感觉亲近得习以为常。"马桶"也可以喻指家人的关系,一切的苦涩、怨言、痛苦、委屈,只能往肚里吞或者互相吞忍,毕竟婚姻生活是两个不同家庭背景的个体、两种个性的结合,行为观念龃龉冲突难免。什么时候爆发呢?只在"受垢了那天",一如马桶堵塞了,"呕出腥酸的阿摩尼亚""为存在抗辩",彼此的卑屈与苦涩,就如那些"受垢(够)了"的马桶般,以赌气响应。作者以"受垢了"表"受够了",以"腥酸"代"辛酸""心酸",自铸新词、谐音双关,又兼描马桶日积月累、积垢堵塞的形象,有崭新的创意与个人风格。

蓝星诗社前辈诗人向明曾写过《出恭》③,该诗充满生活情趣,含有多重讽喻。向明《出恭》与邱逸华《马桶》题材类似而有不同呈现,二者在讽喻性和反讽手法上有异曲同工之妙。

> 霸占堤岸的复制兽

---

① 夏宇:《甜蜜的复仇》,《备忘录》,内部资料,1986年。
② 邱逸华:《马桶》,载《台客诗刊》,2018年9月第13期,第127页。
③ 参见本书第68~69页。

驱走逐潮的沙
阴郁的海堤流失桩脚
刻薄顽抗，削出陡峭的侧脸
列阵兽咬碎波浪吞尽天涯的足印
童年的沙雕倾圮
海已老，阳光梳理的发线退远

——《消波块》（台客"七行诗"得奖作品）[1]

消波块是环绕台湾岛屿常见的水泥桩，也是成串的水泥怪兽，台湾海洋文学作家廖鸿基常常在其散文中对消波块表达讽刺、厌恶与抗议。而诗人毕竟不像散文家直叙抒情，而用象征、隐喻或反讽手法，将不满表现在纸上，往往能获得更大的张力。

邱逸华的《消波块》出手就不凡："霸占堤岸的复制兽"，"复制兽"三字就将工业化岛屿中连绵水泥堤岸上消波块的实际具体形象呈现在读者眼前。"列阵兽咬碎波浪吞尽天涯的足印"，"咬碎"二字用得好，具体呈现消波块"破浪"的拟人化形象。诗中抗议的是这些列阵的怪兽阻隔了人们对儿时亲近沙滩玩耍的回忆。海已老，"发线退远"，作者在夕阳余晖中，看到海岸线、波浪线节节败退，不免感叹时不我予，无能为力，也是感叹地球环境被人类破坏的衰老形象。

拒绝那些精算的缘分
依旧等你，在断桥
以春雨斜织待续的故事
终于遇见时
请卸去水袖，收起纸伞
张开双臂，让我围着你
绕圈。除了你
我们的爱便无理地缠绵下去

——《爱情 π 了》（台客八行诗得奖作品）[2]

注：圆周率（π）为圆周与直径的比，是一个除不尽的无理数（3.1415…）。

---

[1] 邱逸华：《消波块》，载《台客诗刊》，2019 年 2 月第 15 期，第 144 页。
[2] 邱逸华：《爱情 π 了》，载《台客诗刊》，2019 年 5 月第 16 期，第 168 页。

《爱情π了》主题与题目不俗，将爱情与圆周率π相连，甚为罕见。圆周率（π）为圆周与直径的比，是一个除不尽的无理数（3.1415…），或许作者想表达的就是爱情与圆周率一样，是一个一辈子都除不尽、参不透的无理数，因为爱情和家庭关系不是讲理的，而是谈情感的。

诗的前半段，诗人"拒绝那些精算的缘分"，即拒绝了那些算计与精明的追求者，只为等待、遇见有缘的你，描写的是爱情艰难的开始与断续的过程；终于遇见时，却又那么的无怨无悔："请卸去水袖，收起纸伞/张开双臂，让我围着你/绕圈。除了你/我们的爱便无理地缠绵下去"，我们的爱便如一个除不尽的无理数，无理地、永恒地缠绵下去，这是作者难得露出的真情与浪漫，她的诗不同于一般女诗人的缠绵悱恻，更多的是理性、知性的浪漫。

> 脱下的心事，串成
> 单人套房到洗衣店的距离
> 提篮的男女各自虔诚地
> 清净执念，折叠秘密
> 他喜欢打开洗衣槽，闻一闻
> 上一个人用哪一种悲伤香氛
> 漂洗孤独况味
> 就快忘记故乡阳光气息。还好
> 投币60元，就能烘干昨天的眼泪
> ——《自助洗衣店》（台客"九行诗"得奖作品）[1]

《自助洗衣店》写的是都市小资男女的孤独生活与日常。"单人套房到洗衣店的距离"，描写的是都市小资的生活，大概就是从住处到公司上班来回，以及住处到洗衣店的直线距离，人与人的交往是冷漠的，只能"各自虔诚地/清净执念，折叠秘密"，更显露出都市男女的孤独与寂寞。

工业革命后，人们生活几乎都市化，年轻人多远离父母家乡，独自在城市生活。日常生活总是忙忙碌碌，人与人的情感冷漠、疏离，必须打开洗衣槽，才能闻一闻"上一个人用哪一种悲伤香氛/漂洗孤独况味"，诗中对人的孤独与悲哀进行了深入的刻画。

---

[1] 邱逸华：《自助洗衣店》，载《台客诗刊》，2019年7月第17期，第144页。

远离故乡，思念故乡与亲人，只能以自助洗衣机"投币60元"的动作来释怀，期待"就能烘干昨天的眼泪"，压抑、自我调侃、聊以自我安慰的写法，让诗的张力无穷扩散，读来令人感到无奈与心酸。

> 蓝眼泪、飞鱼季、睡美人与哈巴狗
> 度假的目光将季风拉长
> 长风里破浪，离岛、登岛
> 岛之外仍有岛之外的，波涛
> 传说总在雾会时生长
> 秘密，让削薄的礁岩遮掩
> 陌生的岛语发出浮夸赞声
> 上传神似的打卡照片
> 岛屿之间，逆风刺眼
> 离岛的雷达捕不到，暗潮
>
> ——《离，岛。离岛》（台客"十行诗"得奖作品）[1]

这首诗里的蓝眼泪、飞鱼季、睡美人与哈巴狗，为马祖、兰屿、绿岛的代表性景点或文化生活意象，诗人企图在此十行诗篇幅里写入台湾周边几个岛屿的特色，既围绕着离岛"长风里破浪，离岛、登岛/岛之外仍有岛之外的，波涛"，又描写离岛与本岛之间情感的疏离与联系，这是她高超的诗技的表现。

人们向往岛屿的各种传说，像雾般迷蒙浪漫，纷纷去"朝圣"旅行"发出浮夸赞声"，甚至都"上传神似的打卡照片"，诗中作者以反讽的手法描写大家一窝蜂似去旅游的心态，呈现而不批判，更显诗刻意压抑的张力。

最后一段两行，暗喻生活与世界上，不只有岛与岛之间有暗潮；人与人间、主体与个体间、你与我之间，也有着如"岛屿之间，逆风刺眼"情感的暗潮，是你"离岛"远离我心的雷达所捕捉不到的暗潮。诗人从岛屿间的旅行出发，让想象穿梭。

---

[1] 邱逸华：《离，岛。离岛》，载《台客诗刊》，2019年11月第18期，第187页。

三、截句竞写作品

邱逸华的创作热情极高，除上述台客诗奖作品外，她还多次参加《联合报》与《台湾诗学·吹鼓吹》杂志举办的多种新诗截句竞写活动，成果颇丰。其截句创作总数已逾百首。

"截句"依主办单位定义是四行以内的诗作，可以新创，也可以截取自己旧诗再创作，是一种别开生面的新诗创作形式。邱逸华截句竞写活动得奖部分作品如下：

《刺客聂隐娘》(《联合报》电影截句优胜)[1]：

——"娘娘就是青鸾，一个人，没有同类。"（侯孝贤《刺客聂隐娘》）
五年童真藏于匕首
青鸾悲鸣，待镜一磨
昨日刺客杀不死明日的我
造一片江湖，独舞

《天葬》(《联合报》禅之截句优胜)[2]：

山是奢望水为憾
天地终于盖棺论定我
此生有残念，无妨
赠蝼蚁、鹰鸶为粮

《拒马》(《台湾诗学》器物截句优胜)：

除了肉身你还能阻挡什么？
野百合招展于月出的幽谷
太阳花怒放在向日的边坡
而雨后，高楼与远山间有虹跨过

---

[1] 邱逸华：《刺客聂隐娘》，载《联合报副刊》，2018年6月18日。
[2] 邱逸华：《天葬》，载《联合报副刊》，2018年11月3日。

《子宫》(《台湾诗学》器物截句优胜)[①]：

> 被物化的编年史
> 起笔于一个受精容器
> 血的摇篮，营造复拆毁
> 倒出自己，成为带着性别的人

《雨前茶》(《台湾诗学》茶之截句优胜)[②]：

> 她们集体在惊蛰醒来
> 谷雨之前长好雀舌
> 尖声嫩语说着八卦茶园里
> 春天那些不堪入耳的心事
>
> 注：雨前茶指谷雨前所采的茶。

邱逸华在《联合报》与《台湾诗学·吹鼓吹》杂志举办的截句竞写活动中，刚好也是八首诗作获奖，同台客诗奖得奖数一样。其中除"器物截句"有两首外，其他"读报截句""电影截句""告白三行诗""禅之截句""摄影截句""茶之截句"都是一首作品得奖。

"器物截句"两首获奖作品为《拒马》《子宫》，前者写机关或碉堡前常见的军警警戒、警备器物拒马，多能理解；后者将子宫归为器物，比较罕见，子宫是雌性哺乳动物的生殖器官，胎儿在其中发育。诗中描述人被"物化"的编年史，所有人类的历史都始于人们出生前母体子宫的孕育，"血的摇篮，营造复拆毁/倒出自己，成为带着性别的人"。在古时候，只有出生后才知道性别，喻意现代人出生后，才渐渐有自我；长大后，才渐渐有自我的个性。"血的摇篮，营造复拆毁"，描写子宫每月内膜脱落含着卵子的崩落，让人触目惊心。子宫当然含有母性的光辉，此诗为器物截句，将子宫这一人体器官归为物、物化的产物，乃多感叹身为女性的无奈与悲哀。

在南投县竹山山区有著名的八卦茶园，茶栽种在山顶上时排列像八卦图一

---

① 邱逸华：《拒马》《子宫》，载《吹鼓吹诗论坛38号》，2019年9月，第156页。
② 邱逸华：《雨前茶》，载《吹鼓吹诗论坛39号》，2019年12月，第138页。

般，非常具体写实。《雨前茶》一诗中，"她们"是雨前茶（谷雨节气之前采摘的茶）的拟人化，在惊蛰中醒来。"雀舌"是茶叶嫩芽尖，形象生动鲜活，为"八卦"的双关埋下伏笔。"八卦"是嫩芽说的，或听到的？春天又有哪些"不堪入耳的心事"呢？是采茶姑娘的秘密，还是春天的秘密？都留给读者去想象。

好诗应该保持并制造更多的多义性，言之不尽、余韵深长，留诸多的言外之意给读者去体会和想象，这是佳作的必备条件。邱逸华很能把握这个秘诀，所以佳作频出。

四、"小资女"的生活禅

邱逸华除专精于精练简洁的截句小诗外，她的长诗也经常发表在各报纸副刊、诗刊上并得奖，她的题材不限于女性或生活议题，甚至比男诗人还敢写，常打破一般人对女诗人多写浪漫诗或闺怨诗的印象框架。

她的诗作风格与题材是不拘一格的，她的禅诗亦有可观。她在2019年第九届"全球华文文学星云奖"的激烈竞争中，以《小资女的生活禅》获"人间禅诗奖"：

> 打卡。听晨钟敲响
> 依旧辗麦吹糠
> 咀嚼，如常的无常
> 浮生，似沙砾于长河
> 任暗潮改变落点
> 滚动，将凡心磨亮
> 照看"我执"这本待诂的经书——
> 落了字的是造化命的填空题
> 晦涩失意处尽可以误读
> 解经还须治经人
> 可不可说，你都是自己的如来
> 不饥。不满
> 活得像一只钵
> 永远能腾出碗大的肚腹
> 笑纳嗔苦，让缘分流转

当暮鼓又轻轻擂起
行脚适合暂歇。你挂单
冷却纤毛,让暖暖夕晖
熨平生活的皱折[①]

"小资女"是邱逸华的自称,这首诗说的就是她自己的生活观、生命观、人生观。评审路寒袖诗人评此诗道:"本诗文字虽似口语,但常一语双关,禅机深蕴。"其诗中多写生命的如常、无常,真诚坦白却不流于忧伤,邱逸华的诗作往往就是如此正视生活与生命的现实,却不尖锐刻薄。

首段诗中"打卡。听晨钟敲响/依旧辗麦吹糠/咀嚼,如常的无常",描述现代小资男女每天机械式上下班打卡,习以为常。每天奔波,却重复做着类似的工作,被动应付工作与复杂的人际关系,只有上班族自己能深刻体会诸多无奈,并咀嚼这些"如常的无常",也是"无常的如常",正可谓人间道就是悟者修行的禅境。

我们看第二段,她如何"将凡心磨亮/照看'我执'这本待诂的经书"?作者将无形的"我执",比喻成一本"待诂的经书",以实喻虚,让人更能悟解。作者在诗中也自我解答,一是随缘"落了字的是造化命的填空题",如老庄思想的随遇而安、顺应自然的如常,任命运的安排,安居其中;二是随喜"晦涩失意处尽可以误读",至于失意遭难时该如何?外人尽可以误读,诗人自有定见,心定,则外境无法动摇。

从诗中,我们可看出这"小资女"的生活禅:"不饥。不满/活得像一只钵",知足常乐、大肚能容,快要"得道升天"了。她"永远能腾出碗大的肚腹/笑纳嗔苦,让缘分流转",能写出这笑纳嗔苦、虚境无为境界的诗人,应该是有历尽困苦沧桑的生命历程,至少是心路历程,走过红尘、看破生命。

《小资女的生活禅》或许也是她这几年来的坚持创作的心境:一切随遇而安、应运而生、随缘喜乐。

五、结语

我们在邱逸华上述得奖作品中,可看出其创作由生涩到自然圆熟的脉络。

[①]《小资女的生活禅》一诗收录于佛光文化"2019 第九届全球华文文学星云奖"得奖作品集《过站》。

176

其诗作大抵从现实与生活日常中取材,诗风平易近人,遣词用字典雅,常常自铸新词,多有言外之意,赋予诗以新意。

她的创作题材广泛,风格多变。从亲情、爱情、女性议题、弱势群体生存困境等现实面向出发,书写城市生活中的虚无,描写现代人的孤独寂寞。

综上所述,"小资女"邱逸华佳作频出、屡屡获奖。她作品的优质、特殊的写实风格与变化,以及对创作的执着,使她成为近来在台湾崛起的女诗人中最有潜力也最值得期待的诗人之一。她或可有更多元发展的可能,让我们拭目以待。

附录　顾城诗歌中童话世界的建构[*]

顾城是中国现代诗史上的唯美浪漫诗人，他在 20 世纪七八十年代崭露头角，为朦胧诗派的代表人物，但与朦胧诗派其他代表人物不同，他更注重对自然的赞美，对世界认知的独特表达，以及将哲思、童话嵌入诗歌中，塑造崭新的世界。顾城对诗歌意象的独特运用，其作品的深厚意蕴与独创的童话世界、与众不同的文学精神，使得学界对他的研究从未停止，研究者们分别从不同的角度感受顾城诗歌中的世界。

哲思是哲学的，是思考的；童话是幻想中的创造。顾城的诗歌是对童话思维的体现。顾城诗歌塑造了属于他自己的世界，不同的人生经历，便是崭新的"顾城"。他的作品在诗歌文学史上具有重要的地位，给予后世诗歌创作很大的启发和影响，具有特殊的意义和价值，是不可替代的。顾城是一个任性的孩子，在迷茫、黑暗中寻找光明，构建自己的世界，创造自由的、纯洁的、美好的乌托邦。

诗歌是精神的乐园，是情感的抒发，是心声的表达。顾城的诗歌，更是对人生思考的体现，是追求自由的体悟，需要用心、用灵魂来触及，贴近自然的本真。

一、梦幻中的乌托邦

（一）童心观世界

1. 童真稚语

五岁的顾城尽管对诗歌是不清楚的，看到灰白的墙却能想到死亡很近，但

---

[*] 本文由刘正伟教授指导，李想撰写。

是依旧对世界充满热爱。写下塔松和雨珠的故事，背出云朵与土地的对话，这是八岁男孩的幻想，童真的瞳仁里是对世间万物的思考。顾城将悬着的露水比作无数儿童的眼睛，白云是雪山，碧空是海洋，阳光是熔岩，阴霾是煤矿，星团是城市，流星是车辆，这便是顾城塑造的童话世界，这便是他的世界中的家乡。这里有云雨下忙碌的蚂蚁，护城河中浮游欢动的蝌蚪和鱼苗，屋檐下忙着筑家的燕子。十二岁的顾城赋予万物生命，星星眨眼，大地沉睡，烟囱如巨人思考着别人不知道的事，树枝可以撕开天空，透出天外的光亮。生命在天地万物之中。

2. 童化视角

童化视角指的就是用儿童的口吻来叙述故事，叙述中体现出鲜明的儿童思维的特征，使得诗歌的语言清新而充满童趣，充满韵律美而又朗朗上口，营造出孩子眼中的世界，如："青青的野葡萄/淡黄的小月亮/妈妈发愁了/怎么做果酱"[1] 用直觉印象化的诗句来展现童话般的少年生活。"在早晨的篱笆上/有一枚甜甜的/红太阳"（上卷第552页），运用修辞手法来描绘出意境美。[2]

顾城在青少年时期就比同龄的孩子思想更加成熟。他会将自己的心灵感受以及感官体会，融入、体现在作品中，如"一棵树闭着眼睛/细听周围人对自己的评价"（《一棵树的判断》，上卷第924页）。生活中细小的波动，也会被顾城敏锐的眼睛捕捉到，如"雨滴/被一点点啄掉"（《芦花鸡》，上卷第53页）。伴随着童真童趣的同时，流露着喜悦、流露着迷茫，但依旧存有热爱和好奇心。

3. 瑰丽童话

顾城创造着自己的世界，自己的童话王国，通过真诚的眼睛欣赏着世界，用瑰丽的语言塑造着新的世界，不同于现实主义的观察、表达方式，而是在自己的意识中，与自己的灵魂构建着新的世界——瑰丽的童话。

不同的经历会铸造不同的性格，进而会产生不一样的表达，从第一篇作品到1978年，稚嫩的顾城用浅显直白的语言表达自己的所见所闻。安徒生童话、法布尔的《昆虫记》、火道村的自然风光……顾城的身心得到升华，在浪漫主义的影响下，他忠于自己的心和感知，创作出了具有梦幻色彩的作品，既浅显易懂，又引人深思。

---

[1] 顾城：《安慰》，《顾城诗全集》（上卷），江苏文艺出版社，2009年版，第552页。本文中节选的顾城诗句皆出自该书，以下仅随文标注页码。

[2] 参见沈雪莲：《浅谈儿童诗的教学策略——以四年带孩子写诗的经历为例》，载《华夏教师》，2019年第16期。

1970年到1982年是顾城诗歌创作高度发展的时期，他回归城市，拥有爱情，有了社会影响力，语言更具有灵魂。这一时期，他借自然意象写自然的美好纯净，不再是浅显、直白的，而是赋予自然意象浪漫主义的色彩，用奇妙的想象塑造出不可思议的回响着天籁的童话世界，将声音、色彩、味道融合在一起，创造出新的意象，意境优美而瑰丽。甜蜜、幸福便是顾城童话世界的主旋律。

1983年是顾城追求自我而转变的关键时期，也是他作品转变的过渡期，自此之后，顾城的作品风格有了明显的转变，充满了现实与理想的碰撞，引人深思的同时依旧包含对童话世界的热爱。顾城的转变、痛苦、内心的矛盾与纠结，在诗歌中体现得淋漓尽致。

1987年是顾城创作的最后阶段，受庄子思想的影响，这个时期的顾城进入了忘我的状态，追求梦幻，回归自然，童话世界变得熠熠生辉。顾城在激流岛上放飞了自我，超脱了世俗，全身心地进入自己构建的世界中，作品少但都是精品佳作，还有小说《英儿》问世。

不论什么时期，无论经历了什么样的风波，顾城从未停止对童话世界的创作。童话世界，是顾城诗歌里不变的主题，从未缺席。顾城说："诗是理想之树上闪耀的雨滴。"[①]

（二）梦幻奠基础

我想，在梦海那一端定是有着他的童话王国，才能令他如此向往。"我失去了梦/口袋里只剩下最小的分币"（《案件》，上卷第745页）。"梦"仿佛就是顾城童话王国里面的所有财富，没有了梦，就身无分文，童话王国亦是一片黑夜。"谁能知道/在梦里/我的头发白过/我到达过五十岁/读过整个世界/我知道你们的一切——/夜和刚刚亮起的灯光/你们暗蓝色的困倦/出生和死/你们的无事一样"（《十二岁的广场》，上卷第738页）。这是顾城的世界，梦是童话王国的基础。[②]

1. 幻想

"童话诗人"似乎已经变成顾城的标签了，一提到"童话诗人"，我们自然而然就会想到顾城。童话是超越现实的幻想，是新的空间的构建，是灵魂的解放。说是童话世界，又不仅仅是童话世界，是在现实的冲击与启发下出现的幻

[①] 丁新芝：《走进顾城的童话世界》，载《大众文艺》，2011年第1期。
[②] 参见苏英姿：《为"梦"而生——论顾城的诗歌创作》，华东师范大学博士学位论文，2010年。

想，或者可以说是对现实的逃避。现实与梦幻既对立又统一，顾城反感甚至厌恶现实世界，所以他创造了梦幻的童话世界。

例如《生命幻想曲》，淳朴而美丽，充斥着幻想的色彩，运用丰富的想象，将个体融入自然，感受世界，"太阳烘着地球，像烤一块面包"（上卷第69页）。童话又不仅是童话，其中还有非儿童的智慧，读者在感受诗歌的同时可以感受神奇的意境，引人深思，耐人寻味。

又如《我是一个任性的孩子》，用孩童般的目光去探索世界，幻想着自己可以创造世界，在"心爱的白纸上"用"彩色蜡笔"构建着自己的理想世界，现实是残酷的，是得不到认可的，但是诗人并没有就此放弃幻想，放弃创造，仍旧锲而不舍地坚持着、追求着自我，构建着童话世界。

2. 梦境

心理学家认为，梦是正常的神经病，做梦是允许我们每一个人在我们生活的每个夜晚能安静地和安全地发疯。现实生活中，我们说"日有所思，夜有所梦"，不可否认，做梦是一种生理现象，是无意识的。对梦境的描绘，我们可以理解成对现实的逃避。人们总会将希望与冲动赋予一些虚拟的事物，有时候梦境便是一种很好的表述方式。顾城将这种无意识的因思虑而产生的梦境融合在诗歌中，用诗歌将被压抑的情感、理想展现出来，为童话世界增添了一抹撞色，新奇而美好。

顾城将自己的理想付诸梦境，并在这虚拟的童话世界中实现理想，获得精神上的满足。比如《风的梦》《生命幻想曲》《梦想》用梦境来编织自己的童话世界，满足自己孩童时未完成的心愿。从星星、火焰、贝壳、船篷、蝴蝶、春蚕这些清晰明确的意象中，我们感到顾城的诗是那样简单、快乐、轻松、充满希望。通过梦境、借助简单的意象而构建的童话世界是那样的梦幻、简单，让人向往、追求、憧憬，这样的顾城就像一个孩子，快乐而任性。

3. 希望

我们可以在顾城诗歌中真实地感受到希望、阳光与向往。比如我们经常会在诗歌中看到阳光、沙滩、贝壳、微风、萌芽、晴空等，这些意象给予我们精神上的洗涤，让我们也开始一场梦幻的旅程。

诗人独特的领悟能力让我们感受到与自然相处的快乐，这个世界不是矫揉造作，不是虚伪讨好，不是无奈服从，而是奇异的、单纯的。诗人用正义与光明来呼唤人们内心深处的世界，让读者感受到浪漫与美好，诗人一生都在执着地追求着这样的世界。"最好是用单线画一条大船／从童年的河滨驶向永恒"（《童年的河滨》，上卷第848页），这里的世界是欢快的，是充满灵性的，也是清新、梦幻的："请打开窗子，抚摸飘舞的秋风/夏日像一杯浓茶，此刻已经澄清/再没有噩梦，没有蜷缩的影子/我的呼吸是云朵，愿望是歌声"(《来临》，上卷第 876 页)。在顾城的诗歌中，自然风景、昆虫、植株都是童话世界不可缺少的因素，且都是现实生活中存在的，顾城给予它们生命，让它们欢快地生存，洋溢着生的气息，为读者播下希望的种子。①

（三）色彩塑童话王国

没有色彩，世界便会黯然无光，致力构建童话世界的顾城，也将丰富的色彩运用在不同的意象上。风有时候会是紫色的，鲜黄的油菜花、墨绿色的水淡、绿色的夜晚……童话般的色彩，梦幻、纯净而美丽。顾城像画家一样，用色彩去构建自己的童话王国，更利用色彩所代表的情感去表达自己。

1. 黑色

黑色是最具神秘感的颜色，人们总是赋予它一些深刻或负面的意义，比如死亡、恐怖、邪恶。顾城广为人知的诗句"黑夜给了我黑色的眼睛/我却用它寻找光明（《一代人》，上卷第 283 页）"，这里的黑色不仅指向黑夜，更表达对光明的渴望。黑夜是束缚，是恐惧，黑色的眼睛在追求真理。诗人试图唤醒人们，不要在黑暗中迷失自己，而要去探索，去寻找正义的世界。从颜色的反差也可以看出鲜明的对比，光明与黑暗，写出了作者强烈的感情。黑色在顾城的诗歌中出现得极其频繁，比如《海的图案》："用光托住黑暗"（下卷第 53 页），《歌乐山诗组·挣扎》："打翻了沉重的黑墙"（上卷第 301 页），作者在不同的诗歌中运用了相同的黑色来衬托意象。无论黑色所表达的是什么，都是虚幻的，是作者构建的童话世界里的内容，但都饱含作者浓厚的情感寄托，作者希望唤醒人们，去追逐光明，远离黑暗。②

2. 灰色

灰色在顾城的创作中并不是很常见，但是在《感觉》一诗中，短短几句，灰色却频繁出现——作者借助天、路、楼、雨四个意象构建了一个空间，它们都是灰色的，让我们深刻感受到这样的世界是没有活力、没有生气、死气沉沉的，后两句一个绿、一个红，色彩的鲜明对比让我们忽视了颜色的象征意义。

顾城曾说："爱或者美，是我在世界上感受到的最真实的东西。虽然我不能保存它，甚至也不能追随它，但是它确实是我感受到了的。"顾城感受到了

---

① 参见张义德：《顾城的诗及诗学心理分析》，西南大学博士学位论文，2008 年。
② 参见李自然：《新批评理论视域中的朦胧诗研究》，广西师范大学博士学位论文，2010 年。

美，并且用诗歌记录了美的存在。写诗，是为了自由的表达，没有什么特定的思想内涵，想到了，便在童话世界中创造出来。写诗，是赤子之心自由自在的表达。

3. 彩色

色彩赋予事物灵魂，黑色让人感到压抑，灰色让人忽视，彩色抓人眼球。在不同的心情下，风的颜色都不尽相同。顾城用丰富的色彩，来构建梦幻般的童话王国。

《水乡》中，淡紫色的风是快乐的孩童与大自然美好相处时自然而然呈现的颜色。顾城是童话世界的构建者，赋予不同的事物不同的颜色，给予它们不同的灵魂。每一个孩子心中都有一个色彩明媚的世界，他们便是自己心中世界的主宰者，白纸上画画，画出的是淡绿色的夜晚。这样创造出来的意境纯净、空灵，让读者向往，在不知不觉中认可这是个风格迥异、标新立异的世界。梦幻色彩的诗，是梦的世界，幻想的王国，更是孩童的天堂。

二、独特的艺术魅力

顾城的浪漫主义是与生俱来的，天然的敏感使顾城诗歌中的自然意象栩栩如生，灵巧生动。农村的生活经历，给了顾城亲近大自然的机会，使得顾城诗歌中出现了大量的自然物，花草树木、虫鱼鸟兽构成了顾城诗歌中的唯美画卷，构成了梦幻中的童话世界。

（一）自然的意象

顾城曾写道："……就是这本幸存的《昆虫记》，使我一夜之间，变成了昆虫狂热的爱好者，上百万种昆虫，构成了一个无限神奇的世界。我是富有的，我收集了那么多标本——大自然给我的语言。"《生命幻想曲》这样写："车轮滚过/百里香和野菊的草间。/蟋蟀欢迎我，/抖动着琴弦。/我把希望融进花香……"（上卷第68页）《早晨的花》写道："所有花都在睡去/风一点点走近篱笆/所有花都逐渐在草坡上/睡去，风一点点走近篱笆/所有花都含着蜜水/所有细碎的叶子/都含着蜜水"（下卷第37页）。顾城把自己融入大自然，成为大自然中的一分子，与大自然中的事物沟通，形成自己的诗的语言，分享给读者，令读者感同身受。[①]

---

① 参见林林：《别有天地非人间》，西南大学博士学位论文，2008年。

1. 鸟、鱼

鸟儿在空中自由自在地飞翔，鱼儿在水里游玩，云朵在空中变幻着形状，它们都是自由自在的。顾城的创作经常构建新的环境，并且让相同的事物流露出不同的意义，充满梦幻的色彩。自然景象在顾城创作中频频出现，有着非比寻常的影响。

如《迎新》："春天是等待的故事/很亮的银窗纸上/小鸟在睡觉"（下卷第162页），《梦痕》："我是鱼，也是鸟/长满了纯银的鳞和羽毛"（上卷第384页），《飞鱼》："飞鱼在海面上飞/张开透明的鳍翅/闪着星辉//它要脱离尘海/它要做自由的鸟类"（上卷第337页）。顾城也受庄子思想的影响，追求自由，向往自由，因此在顾城的诗歌中，鸟、鱼总是有各种各样神奇的形状，顾城将自己想象成鱼儿鸟儿，畅游世界。

顾城在追求自由的同时，也表现出死亡意识，这时，美好的生物就会变得黑暗、恐怖，令人望而却步。如"说鸟属于网/鱼也属于网"（《子弹》，下卷第309页）；"在深夜的左侧/有一条白色的鱼/鱼被剖开过/内脏已经丢失/它有一只含胶的眼睛/那只眼睛固定了我"（《在深夜的左侧》，上卷第861页）；"鱼被放在窗台上/两鳍都干了/身子支着，向前看着//多么美的鱼"（《美鱼》，下卷第416页），等等。这些作品中呈现出的意象触目惊心，让人感到恐惧，同时我们也可以看到作者内心的煎熬与纠结。

相同的意象，可以有多种变化、多种形态、多种意境，从中可以看出顾城想象力的丰富多彩，他对童话世界的构建不是单一的，其中不仅有美好的、积极向上的意象，也有一些让人恐惧的意境。

2. 太阳

太阳是恒星，是孤独的人们最真诚的陪伴者，在顾城创造的童话世界里，太阳是不可缺少的存在。太阳象征着光明、闪耀，让人可望而不可即。

早期的顾城用孩童般的语言来简单地阐述孩童眼中的世界，太阳爱我，也爱所有人，天真，直白。到了后期则是"一点点跟我的是下午的阳光//人时已尽，人世很长"（《墓床》，下卷第390页），是对时光的感叹，是对逝去的怀念，但又不仅仅是悲伤，还有对人生未来的希望，虽然时光已经逝去了，但是未来还有很长的路可以走。悲观中又含有一丝积极的想象，失落又不放弃希望，因此顾城笔下的童话世界才会如此梦幻、斑驳、灿烂。

（二）百变的表达

1. 唯美

不同的诗人会运用不同的意象，营造不同的意境，带给读者不一样的感受，都说"一千个读者就有一千个哈姆雷特"，但是不可否认，在顾城的作品中我们都能真切看得到自然的美、简单的美。比如，灰色的路、天、楼、雨与鲜红和淡绿的对比，这样的美简单、鲜明又通俗；回归自然的柔和美，"我看见／诗安息着／在那淡绿的枕巾上／在那升起微笑的浅草地上"（《梦痕》，上卷第383页），这样的环境是多么唯美、安详而宁静，但是只存在于顾城的梦境中；信念中的纯粹美、永恒美、奇光异彩，生命的美千变万化。幻想会破灭，生命会殒尽，但信念会永恒。纯净、自由飘逸的世界，便是顾城想要的世界，于是有了童话王国的诞生。[①]

2. 快乐

梦想的世界构建成形，总会有一种美梦成真的感觉，这个时候，诗歌便会洋溢着快乐的氛围，让人感觉轻松而欢乐。在初春的早晨连割草都伴随着希望，单纯又充满了童真童趣。年少的顾城总是对生命充满热忱，"我找寻春天，找寻新叶，找寻花丛"（《找寻》，上卷第28页）。梦想在滋长，现实的黑暗阻挡不了，少年对未来有着满怀的期待与憧憬。在顾城的作品中，自然意象几乎充斥着所有的诗歌，从未缺席，顾城借助自然意象来展现生命的神奇，让读者看到他想象中的世界，看到他眼中的光，分享他的快乐。他带着自信去探索世界，带着黑色的眼睛去寻找光明。

三、诗即顾城

（一）脆弱的灵魂

顾城以童话诗人著称，在诗歌创作时，时而简单，时而复杂，有时像一个少年，在思考生命与死亡；有时又像个孩子，渴望母爱，希望永远长不大。但是童话诗人不仅仅指的是顾城写作时儿童化的口吻，更多的是指有着丰富的人生阅历却依旧保持一颗童心来创作诗歌。

[①] 参见张文英：《废墟意象营造凄美诗意略论》，载《辽宁师专学报（社会科学版）》，2009年第5期。

1. 简单

欣赏顾城的诗,就像在解读一个儿童的世界,天真而纯净,令人陶醉。美丽的自然,纯粹的童梦,幻想的童话,畅游星空,倾听虫鸣,蜜蜂作诗,蝴蝶起舞,生命简单、纯净而美好。

顾城长大以后也一直逃避着现实世界、成人世界,不向现实低头,保护属于自己的童真的世界,希望自己的世界是不受束缚的、鲜艳多彩的,"画下一只永远不会/流泪的眼睛"(《我是一个任性的孩子》,上卷第675页)。他只想生活在自己创造的世界中,这个世界由他主宰,他不希望别人来破坏他创造的世界,"我是一个王子/心是我的王国"(《小春天的谣曲》,上卷第826页)。

2. 任性

《北方的孤独者之歌》中写道:"让歌飞吧,飞吧!/真正像野鸽子/自在地,自由地……"(上卷第425页)在顾城创造的童话世界中,他便是主宰者,可以随意造化,诗歌可以像鸽子一样自由自在地飞翔,天地也是他想象中的形状,连风都是淡紫色的。被宠爱的孩子总是幸福的,顾城正是在这样的环境下长大的,有姐姐、妈妈的宠溺,有父亲的谆谆教诲,所以他可以追求自己的梦境,直白地表达,天马行空他幻想,他一直有着孩子般的形象,单纯、任性、天真。[①]

然而现实终究是残酷的,不会因为诗人创造的世界而改变,逃避现实的顾城终究为了童话世界的完美而违背了现实世界的秩序,伤害了自己的亲人。任性的他最终也沉睡在了自己的童话中。

3. 复杂

《一代人》虽然只有短短的两句诗,却透过意象表达出深刻的哲学意蕴,对立统一中,彰显出象征的魅力。"黑夜"象征一代人心灵上的阴影,"眼睛"是一代人的希望的象征,却受到了黑夜的阻拦,"我"是一个代词,"黑夜给了我黑色的眼睛/我却用它寻找光明",深刻地传达出那一代人的精神追求。可以得知,诗歌的象征美是深刻而潇洒的,不仅可以给读者想象,也可以通过隐喻来表达诗人的情感。

再看《生命幻想曲》:"让阳光的瀑布,/洗黑我的皮肤。//太阳是我的纤夫。/它拉着我,/用强光的绳索,/一步步,/走完十二小时的路途。"(上卷第67页)前一节用"瀑布"比喻"阳光",隐喻阳光晒黑皮肤,巧妙地暗示出诗人渴望自己的生命在光明的世界中强壮健康。后一节中用纤夫比喻太阳,用绳

[①] 参见梁文婷:《解读顾城诗歌里的童话世界》,载《北方文学》,2018年第14期。

索比喻强光,纤夫拉着绳索在逆流中前进,暗示自己向往、追求光明的世界,不断前进,在困境中奋发。隐喻和象征一样,具有暗指性,通过创造意象,以直观的表象,间接地表达深厚的情感。

顾城通过神话般的想象,将个人情感附着在意象上,将自己的情感隐藏在自然的生物意象后,不仅让诗歌呈现出唯美的画面,还赋予它们灵魂与生命。顾城不仅是简单的童话诗人,同时也将哲思寓于诗歌中,引人深思。

(二)纯净的追求

1. 自然

回归自然是顾城创作的起源,在这里,大家都是鲜活的生命,"草在结它的种子/风在摇它的叶子/我们站着,不说话/就十分美好"(《门前》,上卷第875页)。童真的言语诉说着孩子眼中的快乐,让人沉浸在童年回忆中。顾城的内心也是细致而敏感的,"你/一会看我/一会看云/我觉得/你看我时很远/你看云时很近"(《远和近》,上卷第430页),既写出了自然的美感,又写出了现实的冷漠,顾城在创作中追寻的便是这样自然的美。舒婷在《童话诗人》中写道:"集合起星星、紫云英和蝈蝈的队伍/向没有被污染的远方/出发"[1],顾城从现实世界中脱离出来,完全进入童话世界中,物种间的沟通更是塑造了一个新的王国,与动物交朋友,与植物亲切拥抱,在纯净的大地上幻想着光明,通透而明亮的世界让万物向往。

2. 疏离社会

顾城童年的经历,使得他对生活感到困惑,产生了对现实的不认同与对存在的怀疑,"城市让我惊讶,人们每天说他们说的话,走他们的路,都一样,像一架机器;我被这个吓呆了"[2]。顾城难以理解现实,不想面对现实,认为生命在于自由,应该释放天性,"走了那么远/我们去寻找一盏灯//……//你说/它就在大海旁边/像金橘那么美丽/所有喜欢它的孩子/都将在早晨长大"(《我们去寻找一盏灯》,上卷第559页),生命的价值是最闪耀的,在这个舍弃本真的世界中寻找着自己存在的意义,不在社会中沉溺。顾城渴望自然,追求自然,便让冷漠冰凉的机器消失在自己创造的世界中。虽然没有工业化的生活与现实世界是格格不入的,但这种想象是对人们内心深处的唤醒,引领人们找到

---

[1] 参见舒婷:《双桅船》,上海文艺出版社,1982年版。
[2] 《顾城文选·卷一 别有天地》,北方文艺出版社,2005年版,第37页。

心中的光。①

3. 无我

顾城后期的作品深受老庄思想的影响，不再沉浸在自然世界的美好中。社会现实的影响，使得顾城的作品开始出现一些怪异的意象，不再是唯美的快乐意境，甚至出现了对自我的怀疑，走向了虚无，开始出现强烈的个人色彩。无我的创作使得诗歌中出现了许多角色，不仅有第一人称，还有第二人称、第三人称，出现了社会目的性较强的作品，抽象而神秘。

国外的生活，语言不通，更是使得顾城沉浸在自己的世界中，更多的是对过去的回忆。顾城的诗中不再是简单而任性的孩子，而开始出现怪异的意象，如鬼、贞女、墓、血液。动词的使用也发生变化，如敲碎、爆裂、悼念、渗出等。简单的描绘，却让读者看到他内心的矛盾、挣扎与绝望，这是他对生命的解释。

四、结语

顾城将生命融进诗歌中，他为诗而生，为诗而消亡。他是天生的诗人，一生都在探索着、塑造着他心中本真、童心、真挚、纯情、梦幻、想象的乌托邦。他留给了人们一个理想中的童话世界，自己却选择了毁灭。

顾城的诗歌语言简单，意蕴深远，令人陶醉，顾城用诗歌来表达内心世界，诗中蕴藏着时代赋予他的力量和灵感，表达了他内心的真实情绪，但遗憾的是，他最终沉睡在他自己创造的童话世界中。

他的陨落同时也宣告着一个回响着天籁的童话世界的终结。如今，顾城已成为渐渐远去的名字。但就像臧克家先生说的那样："有的人活着/他已经死了//有的人死了/他还活着"。诗人的语言停止了，但诗歌依旧在前进。

---

① 参见孙书帆：《论顾城诗歌的自然之魂与生命之灵》，载《教师》，2017年第29期。